Nous remercions le ministère du Patrimoine canadien,
la SODEC et le Conseil des Arts du Canada
de l'aide accordée à notre programme de publication

  Patrimoine     Canadian
canadien      Heritage

SODEC
Québec ::      Conseil des Arts      Canada Council
du Canada        for the Arts

ainsi que le Gouvernement du Québec
– Programme de crédit d'impôt
pour l'édition de livres
– Gestion SODEC.

Illustration de la couverture :
Geneviève Guénette

Couverture :
Conception Grafikar

Édition électronique :
Infographie DN

Dépôt légal : 4e trimestre 2004
Bibliothèque nationale du Canada
Bibliothèque nationale du Québec

123456789 AGMV 0987654

# Evelyne en pantalon

**Données de catalogage avant publication (Canada)**

Soucy, Marie-Josée

    Evelyne en pantalon

    (Collection Conquêtes ; 102)
    Pour les jeunes de 14 ans et plus.

    ISBN 2-89051-897-3

    1. Titre  II. Collection : Collection Conquêtes ; 102.

PS8637.092E93 2004       jC843'.6     C2004-941321-X
PS9637.092E93 2004

# Marie-Josée Soucy

# Evelyne
# en pantalon

*roman*

**ÉDITIONS
PIERRE TISSEYRE**

5757, rue Cypihot, Saint-Laurent (Québec)  H4S 1R3
Téléphone: (514) 334-2690 – Télécopieur: (514) 334-8395
Courriel: ed.tisseyre@erpi.com

À mon père,
cet éternel optimiste.

*Et je crois que tout arrive*
*Que tout vient à qui sait mourir*
*pour mieux revivre*
*Ce n'est pas sans peine*
*Je crois qu'on revient mieux*
*après le deuil de soi-même*

*Daniel Bélanger, Revivre*

# 1

# Les manchettes
# de ma vie

Il devait bien faire cinquante degrés à l'ombre. Le soleil était aveuglant et j'avais utilisé ce prétexte pour porter mes lunettes fumées. Elles dormaient généralement au fond du coffre à gants de la voiture familiale. Je les portais rarement. Seulement pour conduire. Elles avaient pour moi un côté plus pratique qu'esthétique, mais aujourd'hui elles étaient vitales. Elles créaient une espèce de barrière psychologique entre les autres et ma petite personne. La porte conduisant à mon âme me semblait verrouillée à double tour.

La seule qui a semblé surprise de me voir ainsi, c'est Florence. Ce n'est pas très surprenant : elle me connaît comme si elle m'avait tricotée. C'est du moins ce qu'elle se plaît constamment à répéter. C'est probablement vrai, considérant le fait qu'on ne se lâche pas d'une semelle depuis l'âge de huit ans. Mon frère, Benjamin, me connaît depuis beaucoup plus longtemps, mais ne semblait pas du tout avoir remarqué ce détail. Pas plus que le fait que je gardais mes lunettes à l'intérieur. Un grand frère n'est généralement pas attentif à ce genre d'indice. Sans oublier qu'il traversait un moment difficile, lui aussi. Il avait bien d'autres chats à fouetter.

J'ai profité d'un instant où je me retrouvais enfin seule pour sortir. Je n'en pouvais plus de l'ambiance lugubre du salon funéraire. Pas plus que des condoléances de tout le monde d'ailleurs. L'air étouffant de l'extérieur m'a apporté un semblant de réconfort. Je me suis dirigée un peu à l'écart du bâtiment, sous le regard compatissant de quelques amis de mes parents qui fumaient sur le perron. Je me serais probablement allumé une cigarette si j'avais été fumeuse. N'importe quoi pour un peu de soutien. Mais je me suis plutôt contentée de trouver refuge sur un banc de bois, sous quelques arbres généreux qui me couvraient d'ombre.

C'est à ce moment-là que je l'ai aperçu, sortant à son tour de la maison funéraire. Il semblait chercher quelqu'un ou quelque chose

10

du regard, jusqu'à ce qu'il m'aperçoive. Il était beaucoup trop loin pour que je puisse distinguer les traits de son visage, mais à sa façon de marcher d'un pas hésitant, mains dans les poches, il était visiblement mal à l'aise. Un sentiment de panique m'a envahie lorsque je l'ai vu venir dans ma direction. J'avais l'impression de manquer d'air. J'aurais voulu me lever et m'enfuir à l'autre bout du monde, mais je suis restée paralysée. Je ne sais pas trop pourquoi. Un peu comme dans ces rêves que l'on fait parfois, où l'on voudrait courir ou crier et qu'on n'y arrive pas. C'est seulement lorsqu'il a été tout près que, par réflexe, j'ai fait mine de me lever. Il m'a agrippé le bras.

— Attends, Evelyne, je voudrais te parler.

Me parler ! Que pouvait-il bien vouloir me dire ? Il n'y avait rien à dire. Absolument rien. Il m'a rapidement lâchée, comme s'il devinait qu'il ne faisait que me mettre davantage sur mes gardes.

— Je… je voulais seulement te dire que… que je suis désolé pour ce qui s'est passé.

Son regard fuyait. Bien sûr que son regard fuyait ! Quel culot il avait ! Venir me relancer ici, le jour des funérailles de ma grand-mère, pour me dire qu'il était «désolé» ! Je savais trop bien que ce n'était pas à elle qu'il faisait allusion.

Je me suis mise à avoir très chaud. La température ambiante ne jouait pas en ma faveur et la mienne montait en flèche. Chaque inspiration devenait plus pénible. Mes yeux ont cherché de l'aide aux alentours, pour finalement remarquer Florence qui marchait d'un pas rapide dans notre direction. Sa présence a eu l'effet d'une bouffée d'oxygène.

Soudainement, Philippe a semblé pressé.

— Écoute, Evelyne, j'ai réfléchi et je pense que vu les circonstances, il vaut mieux que l'on ne parle pas de ce qui s'est passé. C'est préférable de garder tout ça entre toi et moi. Ton frère est déjà troublé par la mort de ta grand-mère. Ça ne sert à rien de l'embêter davantage. De toute manière, qu'est-ce qu'on lui dirait ? Pourquoi prendre le risque de briser l'amitié qu'on a depuis si longtemps, lui et moi ?

Il a jeté un regard rapide pour évaluer à quelle distance se trouvait mon amie.

— Et puis tu risquerais aussi de créer un froid entre vous deux. Ben va bien deviner que tu m'as encouragé.

Ces mots eurent l'effet d'une douche froide. Je craignais bien d'y être pour beaucoup dans ce qui s'était passé ce soir-là, mais il confirmait maintenant mes doutes. C'était plus pénible que jamais.

— Ne gâche pas tout, Ève. Pense à ton frère.

Il est reparti. Sans que j'aie eu le temps, ou peut-être le courage, de répliquer quoi que ce soit. Une conversation à sens unique qui avait un effet dévastateur sur moi. Encore une fois.

Florence courait à présent. Elle a foncé sur Philippe et s'est mise à lui crier toutes sortes de bêtises. J'aurais tellement aimé avoir la moitié de sa détermination. Elle a toujours été forte, courageuse, fonceuse. Tandis que moi... Je me suis demandé ce qui se serait passé si elle s'était trouvée dans ma situation trois semaines plus tôt. Est-ce que les événements se seraient déroulés de la même manière ? Certainement pas. Je l'imaginais très bien, exactement comme ce jour-là, se mettre à crier après Philippe en le traitant de tous les noms. Elle aurait pris un air condescendant et il se serait sauvé, la tête basse. Elle ne l'aurait jamais laissé aller aussi loin que moi, ça c'est certain.

J'ai fermé les yeux très fort. Je voulais chasser les images qui se bousculaient dans ma tête. « Je suis tellement stupide. Je mérite vraiment tout ce qui arrive. Florence devrait plutôt s'empresser de venir mettre du plomb dans la tête de sa sotte amie. » Lorsque j'ai repris contact avec le monde réel, elle continuait son chemin, totalement exaspérée. Philippe, quant à lui, s'en allait dans la direction opposée. J'ai alors remarqué mon frère et son ami Pascal, sur le perron. Les deux semblaient confus. Philippe leur a fait un petit signe de la main qui voulait dire « Ne vous en faites pas avec ça, les gars, vous savez comment sont les filles ! ». Ça m'a rendue encore plus agressive, mais envers lui cette fois-ci. Florence était complètement dépassée par la situation.

— Je n'arrive pas à croire qu'il a le culot de se montrer ici ! Franchement ! Il n'a vraiment aucun remords ?

— Philippe est un des meilleurs amis de mon frère. C'était tout à fait prévisible de le voir ici. Tu imagines, s'il n'était pas venu ? Ça aurait été suspect. Il n'a pas intérêt à éveiller les soupçons. Il faut faire comme si rien ne s'était passé, Flo.

J'ai levé les yeux vers elle, pour lire dans les siens un profond découragement. Je sentais qu'elle aurait voulu que je me lève et que je crie à l'injustice. Comment espérer le contraire de celle qui a toujours sous la main une pétition à faire circuler ? Cette grande défenderesse des petits animaux et des forêts amazoniennes ne pouvait que se sentir tourmentée dans une pareille situation.

14

— Faire comme si de rien n'était ! Peux-tu vraiment faire comme avant, Evelyne ?

L'impuissance de Florence rendait son ton agressif. Elle s'en est d'ailleurs rendu compte et a réalisé que ce n'était pas ce dont j'avais besoin. Elle s'est assise près de moi et m'a serrée dans ses bras.

— Oh… Excuse-moi, Vivi. On va s'en sortir, tu vas voir.

Une chance que j'avais Flo. J'aimais lorsqu'elle parlait comme si nous formions un tout. Je me sentais moins seule, mais en même temps, un peu hypocrite. Comme si je ne lui disais pas tout. Elle ne savait d'ailleurs pas tout. Parce que j'avais peur. Peur qu'elle puisse changer d'attitude à mon égard. J'avais tellement besoin d'elle. Et aussi parce que toute la vérité était tellement pénible à raconter. C'est ce qu'il y avait de bien avec Florence. Je n'avais pas eu à dire grand-chose. Elle avait compris l'essentiel et ne m'avait pas posé de questions embarrassantes.

En temps normal, son altercation avec Philippe aurait fait les manchettes de ma vie. Mais étant donné les circonstances, elle s'était retrouvée dans les faits divers. Un petit paragraphe dans le bas d'une page, qui avait rapidement été oublié. Benjamin n'y avait même pas fait allusion. Le décès de ma grand-mère occupait la une et risquait de la faire pour encore un petit bout de temps. Tout le reste passait inaperçu. Mon unique certitude résidait dans ce que m'avait dit Florence. C'est elle qui avait raison : je ne pourrais pas faire comme avant. Je n'étais plus la même qu'avant. L'ancienne Evelyne avait fait place à une nouvelle, plus morose… Sans oublier que les occasions de revoir Philippe se présenteraient régulièrement, et je n'étais pas certaine d'être capable d'y faire face. Il y avait toujours cette partie de moi qui semblait penser que tout serait plus facile si je me confiais à Benjamin. Mais comment prévoir sa réaction ? Je ne pouvais pas risquer de le perdre. Surtout pas.

# 2

# Le bleu
# des flammes

La nuit était déjà tombée lorsque nous sommes revenus à la maison. Mes parents passaient la soirée chez Jeanne, la sœur de mon père, pour régler les détails de la succession. Je n'avais rien mangé de la journée, mais je me sentais incapable d'avaler quoi que ce soit.

— Tu veux manger quelque chose ? Il y a un reste de pâtes. Sinon on peut se commander une pizza.

Je savais bien que Benjamin n'avait pas plus d'appétit que moi. Il se sentait surtout l'âme du grand frère responsable qui devait prendre soin de sa petite sœur. Il n'a pas insisté. Il a refermé la porte du frigo et m'a rejointe sur le divan. Nous sommes restés là, tous les deux, plusieurs minutes sans rien dire. La maison me semblait tellement vide. Elle qui était toujours si bruyante. On aurait dit qu'elle n'avait plus de vie ; qu'elle était morte elle aussi. Je me demandais bien comment on allait faire pour continuer de vivre ici tout seuls, Benjamin et moi, puisque mes parents avaient volontairement décidé de partir «faire leur vie», d'aller réaliser leurs rêves.

Je n'y avais pas vraiment cru la première fois qu'ils nous en avaient parlé. J'avais vu ça comme un autre de leurs projets loufoques, au même titre que celui de transformer notre maison en auberge, ou encore d'acheter une franchise de restaurant. Ça les gardait jeunes de fantasmer. Cette fois-ci, par contre, le rêve s'était concrétisé, et quelques mois à peine après cette première discussion, ils montaient réellement dans l'avion. Un contrat de deux ans. Deux longues années dans le même fuseau horaire, mais à plus de 7 000 kilomètres de nous! «On reviendra pour les fêtes et les vacances d'été. Tu vas voir, Evelyne. Ça va passer très vite», m'avait dit ma mère. Ils avaient bien sûr pensé m'emmener avec eux. Ils n'avaient pas oublié toutes leurs responsabilités parentales quand même! Mais qu'est-ce que je serais allée faire là-bas? En Bolivie! Oui, j'aurais pu apprendre l'espagnol et découvrir une réalité différente. Tout ça, c'était beau, mais deux ans! Puis il ne me restait qu'un an avant de terminer mon secondaire et j'avais envie de le faire ici. Nous en avons donc conclu que je resterais au Québec avec Benjamin, pour cette année-là du moins. Ils se sont dit qu'à dix-neuf ans, il était assez grand pour me «garder». Sans compter qu'au moment de prendre leur décision, ma grand-mère habitait la maison d'à côté. Mes parents sont revenus pour les funérailles, mais repartaient dans moins d'une semaine. Le petit mois qu'ils avaient déjà passé dans leur nouvel univers leur avait donné la piqûre, comme on dit. Ils avaient toutefois trouvé le moyen de partir la tête tranquille. Ma tante Jeanne viendrait habiter chez ma grand-mère, dans la maison où mon père et elle avaient grandi. Je ne crois pas que l'un d'eux aurait été capable de la vendre. Et avec raison. J'y étais moi-même très attachée.

Jeanne serait donc tout près, pour veiller sur nous. En quelque sorte, elle remplacerait grand-maman. J'aimais bien Jeanne, alors ce n'était pas un problème. Malgré tout, j'en voulais à mes parents de partir aussi loin. Une partie de moi ne s'était pas faite à l'idée. Je savais bien que nous n'étions plus des enfants. Du haut de mes seize ans, j'aurais presque pu vivre seule en appartement. Alors que beaucoup de jeunes auraient décroché la lune pour avoir cette chance, moi, j'avais un peu l'impression que mes parents nous avaient abandonnés.

Pascal et Florence sont arrivés les bras chargés d'une grande pizza. Ils avaient gentiment prévu que nous n'aurions pas le cœur à cuisiner. Nous les avons donc accompagnés, plus pour leur faire plaisir que par réel appétit. La conversation se limitait à l'essentiel et je crois bien que nos amis furent soulagés de sortir de table. L'atmosphère était lourde. Florence, qui passe difficilement plus de trois minutes sans parler, s'est empressée de desservir, soulagée d'avoir enfin quelque chose à faire, et Pascal l'a aidée. Benjamin est sorti dans la cour. Je crois qu'il avait besoin de se retrouver seul. Nous l'avons rejoint quelques minutes plus tard, autour du feu qu'il venait d'allumer.

Nous sommes demeurés assis là très longtemps tous les quatre, silencieux. Nous n'osions pas parler. Nous nous plaisions dans ce silence confortable. J'aime bien ces moments où l'on est seul, tout en étant en groupe. C'est un peu ça la vie, au fond, alors aussi bien s'y habituer. Ça m'arrangeait de ne pas avoir à parler. Je me suis concentrée sur la flamme en essayant de ne penser à rien. J'ai toujours cru que c'était impossible. Il y a toujours une pensée ou une autre qui finit par surgir, on n'y peut rien. Je me suis souvenue de quelque chose que mon père avait dit concernant le feu. Un soir que nous avions fait un souper aux chandelles en famille, il m'avait dit que l'on pouvait voir des dizaines de choses dans une simple flamme. Je devais avoir sept ou huit ans et ça m'avait paru invraisemblable. Je voyais bien de l'orange et du rouge, mais rien de plus. Il m'avait alors montré le bleu, la partie la plus chaude de la flamme. Ça m'avait impressionnée. J'ai fermé les yeux quelques secondes pour mieux sentir la chaleur du feu sur mon visage. C'était à la limite du tolérable. Ça m'a rappelé son pouvoir destructeur. Il consumait le bois pour notre bon plaisir, tandis que quelques heures plus tôt, il avait réduit en poussière le corps de celle que j'avais aimée si tendrement.

J'ai cherché le bleu pour m'accrocher à quelque chose. Mais une phrase a surgi dans ma tête. Philippe l'avait prononcée. Il s'était mis à me dire que j'allais lui manquer. Je l'avais senti s'approcher, tout doucement. J'avais retenu ma respiration sans oser me retourner. Puis, ses doigts m'avaient frôlé l'épaule. Pour ensuite glisser dans mes cheveux. « Ma chevelure de feu », avait-il dit dans un souffle, un murmure à peine audible. En d'autres circonstances, je l'aurais trouvé pas mal quétaine avec sa phrase sortie tout droit d'un roman Harlequin. Mais à ce moment-là, j'étais davantage concernée par ce qu'il faisait que par ce qu'il disait.

Ça y était, la petite boule venait de s'installer dans ma gorge. J'ai senti les larmes me monter aux yeux. Non, je ne voulais pas pleurer. J'avais déjà trop pleuré. Je me suis levée, brusquement. La bûche qui me servait de siège est tombée. Je les imaginais tous les trois, les yeux fixés sur moi. J'ai repris mon équilibre et je suis partie en direction de la maison. Ma marche rapide a bientôt pris l'allure d'un pas de course. J'ai pensé rentrer, mais je n'en avais pas envie. J'avais déjà passé beaucoup trop de temps à pleurer entre les quatre murs de ma chambre. J'avais besoin d'espace. D'un endroit où je pourrais courir jusqu'à l'épuisement.

— Evelyne !

Florence me suivait. Ça m'était bien égal qu'elle me rejoigne, mais je n'ai pas pour autant ralenti ma course. Elle m'a rattrapée au moment où je m'approchais de l'entrée de ce que nous avions jadis baptisé « les friches ». Ce nom est plus ou moins approprié. Il y a bien un espace vacant où de petits arbustes ont pris vie, ici et là, mais la majeure partie du site est dominée par un boisé. Nous avions déniché ce surnom dans un livre de Stephen King. J'oublie son titre, mais je me souviens qu'il y décrivait les friches de manière à les rendre tellement… mystérieuses. C'est cette ambiance particulière que nous avions retrouvée lorsque nous avions découvert cet endroit. Nous nous l'étions vite approprié. Il était devenu notre refuge, notre coin à nous. Un endroit pour rire, nous défouler et surtout, pour partager nos états d'âme.

Nous nous sommes arrêtées face à la colline, au milieu de la clairière. Nous venions y glisser quelquefois, les jours d'hiver. D'un commun accord nous avons entrepris de l'escalader. Ce n'était pas très haut, mais du côté où nous nous trouvions, la pente était abrupte et rocailleuse. À un moment, Florence a perdu pied et a glissé. J'ai atteint le sommet un peu avant elle, pour cette raison. Je lui ai tendu la main pour l'aider à terminer son ascension. La nuit était chaude et silencieuse. Même le vent semblait déjà avoir gagné son lit. Les étoiles au-dessus de ma tête semblaient plus brillantes qu'ailleurs.

Florence a fait bouger ses doigts. À chacun de ses mouvements, tous les muscles de son visage se contractaient. Elle s'était sérieusement éraflé la main en glissant.

— Je vais m'en sortir !

Elle a dit ça en grimaçant de douleur. Puis, elle a ri. Comme si elle se moquait d'elle-même. Je lui ai souri. Un petit sourire, à peine perceptible, mais qui venait du cœur. Elle l'a remarqué et j'ai vu que ça lui faisait vraiment plaisir. Puis, comme dans le bon vieux temps, nous nous sommes étendues dans l'herbe, sur le flanc où il y a les glissades l'hiver. Nous avons dévalé la pente, l'une à côté de l'autre, en roulant de tout notre long. Le rire de Florence était rafraîchissant. Je me suis même surprise à crier moi aussi. En bas, nous sommes restées plusieurs minutes sans parler. Essayant seulement de reprendre notre souffle. Je regardais les étoiles et j'essayais de retrouver les figures des constellations. La seule que j'ai réussi à repérer est celle qui ressemble à un chaudron : la grande Ourse, si je ne me trompe pas.

— Je resterais ici toute la nuit.

Les mots étaient sortis de ma bouche sans que je le veuille.

— Rien ne nous en empêche.

L'idée n'avait pas l'air de lui déplaire.

— Dans combien de temps, crois-tu, Benjamin va commencer les recherches ?

— Bah… comme il m'a vue partir avec toi, je ne crois pas qu'il soit trop inquiet. Pascal va sûrement l'encourager à patienter un peu.

J'ai pensé que c'était plausible.

— Ton frère m'a dit que Pascal allait demeurer chez vous un petit bout de temps. Qu'est-ce que tu en penses ?

Je ne m'étais pas vraiment posé la question. Lorsque Benjamin m'en avait parlé, je n'avais pas pensé m'opposer à l'intrusion de Pascal dans notre vie. Ça me semblait tellement naturel. Mes parents avaient voulu un foyer chaleureux et accueillant, et ils nous avaient habitués ainsi. La maison était grande et il n'était pas rare d'y héberger amis ou parenté. Dans ce cas-ci, le séjour allait se prolonger un peu. Pascal comptait demeurer avec nous le temps de se trouver un appartement. Il en avait assez de vivre dans l'Ouest canadien et désirait poursuivre ses études à Montréal. Il entrait à l'université en septembre. Ben lui a donc suggéré de venir habiter avec nous, le temps qu'il réorganise sa vie ici. Question de lui donner un coup de main. Et puis, la compagnie de Pascal semblait lui faire du bien. Je ne pouvais pas dire non à ça. Mais maintenant que Florence en parlait, je devais bien admettre que je n'étais pas certaine que ce soit une bonne idée… pour moi.

— Ça va. J'aime mieux que ce soit lui plutôt que quelqu'un d'autre.

Elle savait très bien à qui je faisais allusion.

— Pascal a plutôt l'air sympathique, si tu veux mon avis.

Ça voulait dire qu'elle le trouvait à son goût. Moi aussi, j'ai un peu tricoté Florence.

— Ça fait des lunes que je ne l'ai pas fréquenté. Je ne peux pas dire que je le connais beaucoup. De toute manière, Philippe aussi, on le trouvait sympathique, il n'y a pas si longtemps. Peut-être que c'est de ma faute…

C'était la deuxième fois que je faisais une allusion de ce genre. Ça avait le don de mettre Florence hors d'elle. Elle s'est retournée sur le ventre et s'est appuyée sur ses avant-bras pour me regarder.

— Veux-tu bien me dire pourquoi tu joues à la femme battue qui protège son pôôôôvre petit mari ? Arrête de le défendre !

Elle agissait comme si elle savait tout. Ça m'a agacée.

— Tu ne sais même pas de quoi tu parles, Florence Pronovost ! Étais-tu là quand c'est arrivé ? Est-ce que tu sais ce qui s'est vraiment passé ?

Cette fois, je l'ai regardée à mon tour. Elle est restée bouche bée. Je ne crois pas que c'était à cause de ce que je lui avouais, mais plutôt parce que j'en parlais enfin.

Mon amie n'avait qu'une vague idée de ce qui s'était réellement passé ce jour-là. Il reste qu'elle était la seule à être au courant. Ça allait bientôt faire un mois que je me taisais et que je la contraignais au silence. De ce côté, je n'avais pas à m'inquiéter. Mon secret était entre bonnes mains. Ça n'empêchait pas Florence de continuellement m'encourager à sortir de mon mutisme. J'ai bien cru que j'allais éclater le soir où ma mère a appelé de l'autre bout du monde. J'ai eu envie de tout lui dire, de lui demander de revenir à la maison s'occuper de moi. Qu'elle me prenne dans ses bras et qu'elle me prépare une bonne soupe chaude comme elle le faisait lorsque j'étais petite et malade. Il s'en est fallu d'un rien. Elle m'a pourtant demandé si ça allait, me faisant remarquer que mon timbre de voix était étrange.

C'était mieux ainsi. Sinon, elle serait revenue par le premier avion et aurait complètement gâché son voyage. Sans compter que ce n'est déjà pas facile de parler de sexualité avec ses parents, alors j'ose à peine imaginer comment j'aurais abordé ce sujet. Qu'est-ce qu'elle aurait pensé? Philippe! Ce n'était pas crédible. L'ami d'enfance de mon frère. Le Philippe toujours prêt à rendre service. Philippe le bon gars. J'avais encore du mal à y croire moi-même.

Les yeux de Florence m'imploraient de continuer. Elle voulait tellement comprendre.

— Pas ce soir, Flo… Je n'ai pas envie de parler de ça maintenant.

Elle s'est faite compréhensive, bien qu'elle était visiblement déçue.

— Je voudrais tellement t'aider, Evelyne.

— Tu es là, c'est tout ce que tu peux faire pour le moment. Je t'assure.

Elle ne semblait pas trop satisfaite de ma réponse.

Nous avons fini la soirée en nous remémorant des anecdotes et des bons moments, question de se changer les idées. Puis, je suis rentrée à la maison un peu après minuit. La lumière de la cuisine était encore allumée.

— Qu'est-ce qui t'est arrivé? Tu t'es battue avec Florence?

J'ai mis quelques secondes avant de comprendre ce à quoi Ben faisait allusion. J'avais les cheveux plein de brins d'herbe et mon jean était déchiré au genou.

— C'est une longue histoire. Ne t'en fais pas pour Florence, je ne l'ai pas trop maltraitée.

Je lui ai fait un petit sourire en coin avant de l'embrasser sur la joue et de monter me coucher. J'ai croisé Pascal en haut de l'escalier. Son regard était interrogateur, mais il s'est abstenu de tout commentaire. J'ai fermé la porte de ma chambre derrière moi, en prenant bien soin de la verrouiller.

# 3

# Et ta vie continue

**N**ous marchions tous les quatre sur la rue St-Jean. Les passants nous prenaient sûrement pour deux couples d'amoureux qui déambulaient, insouciants, sous le ciel sans nuage de ce samedi soir. C'était Pascal qui avait proposé cette sortie. Question de nous changer les idées. Florence s'était empressée d'approuver. Probablement parce qu'elle jugeait que ça me ferait du bien, mais surtout parce qu'elle tenait difficilement en place.

Notre première destination s'appelait Bel-Gaufre. De quoi me remonter temporairement le moral. Je souhaitais ardemment que le coulis de chocolat fondant qui recouvrait ma gaufre arrive à tromper mon cerveau et que, l'espace de quelques minutes, je puisse me sentir euphorique. Ne dit-on pas que le chocolat libère les mêmes endorphines que celles qui sont sécrétées lorsque nous sommes amoureux ?

Nous avons poursuivi notre balade dans le Vieux-Québec et nous nous sommes arrêtés à une terrasse avec l'intention de boire un verre. Florence a pris place devant moi, à côté de Pascal. Ça sentait la romance. La serveuse s'est approchée. J'ai commandé un bol de café au lait. Je le voulais réconfortant, comme une soupe en hiver. Flo m'a accompagnée avec un mokaccino dégoulinant de crème fouettée, tout à fait en harmonie avec sa nature excessive. À ma grande surprise, les gars y sont allés d'un trio saucisses-choucroute-bières, sans aucun respect pour les multiples gaufres qu'ils venaient tout juste de s'envoyer derrière la cravate. Pour un peu, on aurait pu croire que tout était normal. D'autant plus que Ben y allait d'un discours animé, partageant avec nous son enthousiasme pour un nouveau projet. Eh oui ! Il ne s'agissait pas d'un petit projet banal. Il m'en avait parlé pendant notre promenade, alors que nous nous étions retrouvés un peu à l'écart de nos deux compagnons. Je regardais l'horizon, appuyée sur la balustrade de la terrasse Dufferin, lorsqu'il s'était décidé à aborder le sujet. Non seulement son projet lui trottait dans la tête depuis un bon moment, mais tout semblait déjà bien en place. Il voulait donner vie au rêve que mes grands-parents caressaient en transformant leur maison en auberge. Un genre de gîte du passant qui accueillerait les touristes et les amoureux en quête d'un havre de paix. Il avait même déjà étudié l'idée avec mon père, avant son départ. Le moins que l'on puisse dire, c'est qu'il ne perdait pas de temps. Jeanne était au courant elle aussi. Il n'y avait que moi qui ne l'étais pas, semble-t-il. Benjamin m'a confirmé qu'ils avaient tous peur de m'en parler. Ils n'avaient pas tout à fait tort. Ils auraient pu prendre le temps de faire leur deuil, non?

J'étais très proche de ma grand-mère. C'est d'ailleurs moi qui l'ai trouvée, ce matin-là. Un matin de gros soleil. Un matin comme les autres. J'avais décidé d'aller déjeuner avec elle puisque Benjamin était à Vancouver et mes parents en Bolivie. J'ai tout de suite deviné que quelque chose n'allait pas lorsque j'ai vu son chat miauler devant la moustiquaire de la porte-patio. Grand-maman était étendue sur son lit. On aurait dit qu'elle dormait. Elle avait l'air si paisible. Je n'ai pas pleuré sur le coup. Ce n'était pas vraiment triste. Elle était partie sans douleur, doucement, dans cette maison qu'elle aimait tant. Elle me manquait énormément.

Le projet de Ben était déjà bien en place. Il voulait rénover chaque chambre et réaménager la cour. Pour lui, il s'agissait de donner un second souffle à la maison. L'idée n'était pas mauvaise, mais en même temps, j'avais l'impression que nous essayions d'effacer les traces de nos origines. Il s'agissait de la maison de nos grands-parents! Mon frère m'a tout de suite précisé qu'il souhaitait que l'auberge soit un reflet de notre famille. Il pensait d'ailleurs la décorer avec les peintures de notre mère, et même lui donner un nom en l'honneur de nos grands-parents. J'ai tout de suite imaginé: «Chez Gérard et Yvette»! Ça ne sonnait pas trop vendeur. On trouverait sans doute un nom plus charmant. Mon frère semblait toutefois négliger l'aspect financier. Il s'est encore une fois empressé d'écarter mes objections. Il pouvait toucher une partie de son héritage et il était éligible à un programme de subventions pour jeunes entrepreneurs. Il n'avait pas fait son DEC en administration pour rien! Il avait pensé à tout. C'était réglé! Il ne restait plus qu'à sortir le bulldozer!

Je n'en voulais pas vraiment à Ben, au fond. Tant mieux pour lui s'il s'en sortait aussi bien. Puis, il fallait bien que la terre continue de tourner. Je n'allais tout de même pas me mettre à lui en vouloir parce que moi, Evelyne St-Arnaud, je ne m'adaptais pas aussi bien. Il m'aurait fallu un projet comme le sien. Quelque chose vers quoi j'aurais pu concentrer toutes mes énergies, surtout les négatives. L'été serait bien trop long autrement. Sans parler de l'automne avec ses feuilles mortes et son teint gris.

— Evelyne.

La voix de Pascal m'a ramenée de très loin. Ses yeux gentiment moqueurs me scrutaient. Il m'a fait un petit signe du bout du doigt. Pendant que j'étais perdue dans mes pensées et que je fixais, sans vraiment les voir, les cheveux de la fille assise à la table voisine, les miens baignaient dans mon bol de café. J'ai retiré ma mèche de cheveux. Florence m'a tendu une serviette de papier. Elle ne pouvait se retenir de rire.

— Ça me rappelle la fois où tu t'es promenée toute la journée avec le prix de ton chandail qui te pendait sous le bras, m'a-t-elle lancé, tandis que tous s'esclaffaient.

— Tu devrais essayer autre chose si tu veux te teindre les cheveux, Evelyne-la-rouquine.

Ça faisait longtemps que Benjamin ne m'avait pas appelée par ce surnom, directement hérité de la cour d'école primaire. Il en avait pourtant abusé tout au long de notre enfance. J'ai pris un petit air faussement orgueilleux et j'ai dit merci à Pascal, tout en essuyant ma couette de cheveux.

Je me suis risquée à le regarder dans les yeux. Un court instant. Je ne savais pas trop pourquoi, mais son regard me mettait un peu mal à l'aise. Il avait une drôle de façon de me regarder. Comme s'il essayait de lire dans ma tête. Ça faisait plusieurs années que je n'avais pas côtoyé Pascal. Je devais avoir onze ou douze ans lorsque sa famille et lui étaient déménagés à Vancouver. Son père avait reçu une offre irrésistible pour aller travailler là-bas. Les gens pensent toujours qu'ils seront plus heureux ailleurs. Ce départ m'avait laissée indifférente. Je me fichais bien des amis de mon frère. Par contre, Ben avait trouvé ça plus dur. Avec Philippe, ils formaient depuis la petite école un trio indissociable. Ils sont demeurés très proches malgré la distance. Vive Internet! À quelques reprises, Benjamin est allé lui rendre visite. C'est d'ailleurs ce qu'il faisait au moment où notre grand-mère nous a quittés. Philippe et lui avaient décidé d'aller passer l'été avec Pascal. Ça faisait des mois qu'ils planifiaient le tout. Ben avait quitté la province quelques jours après la fin de mon année scolaire. Il avait retardé son départ le plus longtemps possible parce que ma grand-mère était partie en vacances et qu'il hésitait à me laisser seule. J'avais beau avoir seize ans, il me voyait toujours comme son bébé-sœur. Depuis que mes parents étaient partis, il s'était attribué, sans me consulter, le rôle de père. Je dois avouer qu'il avait raison de s'en faire. Ça ne faisait même pas vingt-quatre heures qu'il était parti que Philippe venait me voir.

Lorsque je suis rentrée de chez Florence ce soir-là, il était tard. J'ai cru que c'était elle qui venait me rejoindre lorsqu'on a frappé à la porte, à peine cinq minutes plus tard. J'ai été surprise de voir Philippe. Surprise de le voir débarquer à cette heure tardive, mais aussi étonnée qu'il ne soit pas déjà parti. J'avais compris qu'il prenait le même vol que mon frère.

— J'avais un test d'admission pour l'université cet après-midi. Je prends l'avion demain matin.

Il a hésité un moment avant d'ajouter : « Je peux entrer ? »

Je me suis empressée de m'effacer pour le laisser passer. Contrairement à Pascal, avec qui j'avais perdu contact, Philippe, lui, venait faire son tour presque quotidiennement. Je n'irais pas jusqu'à dire qu'il était devenu mon ami mais il était, sans contredit, celui de la famille. Je n'avais aucune raison de me méfier de lui.

— Tu ne vas pas trouver ça trop dur de rester toute seule pendant deux semaines ?

— Tu veux rire ? Enfin, de vraies vacances ! Je n'aurai pas le temps de m'ennuyer avec tous les *partys* que je vais faire pendant qu'il n'y a personne pour me surveiller.

Je lui ai souri parce que ce n'était pas vraiment mon genre de me conduire ainsi.

— Toi, tu dois avoir hâte de partir !

— Oui, c'est certain ! Ça va être une bonne expérience. Et ça devrait améliorer mon anglais, qui est assez nul.

La bouilloire que je venais de mettre sur le feu a sifflé. Je me suis dirigée vers la cuisine et il m'a emboîté le pas. Je ne savais pas trop ce qu'il voulait ni s'il avait l'intention de rester ; aussi bien faire preuve d'un peu de savoir-vivre.

— J'allais me faire un chocolat chaud. Tu en veux ?

— Pourquoi pas ! *Yes, m'am. One hot chocolate for me, please !*

Il a dit ça avec un de ces accents terribles qui m'a fait pouffer de rire.

Il s'en est suivi un court silence. Silence pendant lequel il a semblé chercher ses mots, réfléchir à ce qu'il allait faire. J'ai longtemps tourné et retourné les événements dans ma tête et je n'arrive toujours pas à comprendre ce qui s'est vraiment passé ce soir-là. Florence était convaincue que Philippe avait soigneusement planifié son coup. Ce n'était pas mon avis. Mais, avec du recul, je devais admettre que c'était effectivement bizarre qu'il se soit pointé alors que j'étais seule à la maison. Surtout à cette heure-là, et avec quelques verres dans le nez. J'étais d'accord pour dire qu'il attendait quelque chose, mais je ne croyais pas qu'il avait prévu que ça prendrait cette tournure. Peut-être avait-il prévu de m'embrasser, sans s'imaginer que je répondrais aussi bien à son baiser. Peut-être même qu'il avait espéré que ça aille plus loin…

Je me demandais souvent s'il avait de la peine à s'endormir le soir. Regardait-il le plafond pendant des heures en se demandant si j'allais parler ? Est-ce que, tout comme moi, il aurait donné n'importe quoi pour pouvoir faire marche arrière ? Avait-il la moindre idée de ce que je traversais depuis ? Les crises de larmes et les douches à n'en plus finir. Les vomissements occasionnés par la pilule du lendemain et les examens embarrassants au CLSC.

Ça, c'était la victoire partielle de Florence. Elle avait insisté pour que je voie un médecin au plus vite. J'aurais souhaité m'éviter cela, mais la pensée d'ajouter une grossesse à mon fardeau m'avait convaincue. Je suspectais d'ailleurs être en plein dans ma période dangereuse. Heureusement, elle avait pris les choses en main, s'assurant que je rencontre une femme médecin et m'accompagnant à la visite médicale. Flo avait même suggéré que je lui raconte mon histoire, pour me libérer. Mais loin de voir cela comme une libération, j'avais cru, à ce moment-là, qu'en parler ne ferait que compliquer ma vie davantage. J'avais catégoriquement refusé. Tout comme je n'avais rien voulu entendre de son idée d'aller consulter la psychologue de l'école. Aller raconter ma vie à de parfaits inconnus alors que je n'arrivais même pas à le faire avec mes proches ? Ça n'avait aucun sens ! J'avais accepté de l'aide pour soigner mon corps, mais je pouvais parfaitement m'occuper seule de ma tête et de mon cœur.

# 4

# Jeanne

Je devais avoir l'air stupide, allongée sur la chaise longue, en pantalon et en t-shirt, alors qu'il faisait une chaleur d'enfer.

— Viens dans l'eau, Vivi ! Elle est super bonne, m'a crié Florence entre deux longueurs.

J'en mourais d'envie. Ça aurait été tellement bon de sentir l'eau fraîche sur mon corps brûlant. Surtout que nous peinturions depuis ce matin sans arrêt ; je méritais bien une petite récompense. Je lui ai pourtant fait un petit non de la tête. Pas question de me mettre en maillot devant les gars. Même seule dans ma chambre, j'aurais eu du mal à le faire. J'avais envie de me faire discrète. De me cacher. Surtout pas de mettre mes formes en évidence en me promenant autour de la piscine en costume de bain !

Le téléphone a sonné. Comme j'étais la seule encore sèche, c'est moi qui suis allée répondre.

— Allô ?

Pas de réponse.

— Allô ?

Une hésitation, puis une voix, enfin.

— Salut, Evelyne. Ça va ? Ton frère est là ?

Ça va ? Est-ce que Philippe avait vraiment dit : « Ça va ? » J'ai raccroché. Violemment. Sans répondre quoi que ce soit. Il n'a pas rappelé. Puis subitement, j'ai lancé le téléphone sur le mur. De toutes mes forces. Libérant pour la première fois un peu de colère.

Je devais me ressaisir. Je suis allée à la cuisine et j'ai bu d'un trait un énorme verre d'eau sans respirer. Puis, je me suis aspergé le visage d'eau très froide. J'ai dû faire un effort surhumain pour ne pas fracasser une à une toutes les assiettes qui séchaient sur le plateau à vaisselle. Ça m'aurait pourtant fait du bien. Le rire de Florence m'est parvenu par la fenêtre ouverte. Je pouvais voir mes amis et mon frère en train de chahuter dans la piscine. Ben s'est finalement décidé à en sortir et il s'est dirigé vers la maison.

— On les prépare, ces hot-dogs ? Je suis affamé !

Il a ouvert la porte du frigo, à la recherche de ce qu'il fallait pour mettre son plan à exécution.

— Qui c'était ?

— Quoi ?

— Le téléphone.

— Juste un mauvais numéro.

Il a sorti un assortiment de condiments et de quoi faire des hot-dogs pour toute une troupe de scouts.

— Est-ce que ça va, Evelyne ?

Il me dévisageait du coin de l'œil, les sourcils froncés.

— Tu es blême.

— Je n'ai jamais eu le teint très foncé.

— Peut-être, mais là, tu es presque verte !

J'ai détourné les yeux. J'avais tellement peur qu'il puisse y lire quelque chose. Puis, ma vue s'est embrouillée. Ah non ! Je n'allais pas pleurer… pas maintenant !

— Evelyne…

Il s'est approché de moi, maladroit, ne sachant ni quoi dire ni quoi faire. D'une main orgueilleuse, je me suis essuyé les yeux.

— Ça va. Ne t'en fais pas. Je suis juste très fatiguée aujourd'hui. Oublie ça, OK ?

J'ai saisi une pile d'assiettes et me suis dirigée vers le patio.

— Vivi ?

Je me suis retournée.

— Grand-maman me manque beaucoup aussi.

Je lui ai fait un petit sourire triste avant de sortir. Des années-lumière nous séparaient.

Nous avons mangé tranquillement avant de nous remettre au travail. Benjamin a redoublé les petites marques d'affection fraternelle à mon égard. Ça me faisait du bien de voir qu'il cherchait à se rapprocher de moi. Florence nous a quittés tôt. Elle avait une soirée chez la sœur de sa mère. Elle m'y a invitée, mais je ne me sentais pas vraiment d'humeur à socialiser. Ben a aussi dû partir tôt. Il devait aller rencontrer un certain monsieur Fleury, qui portait très bien son nom. C'est lui qui serait probablement responsable de l'aménagement de la cour. Benjamin voyait très grand. Il voulait quelque chose digne d'une cour royale ! Le terrain était grand, aussi bien en profiter. Il voulait des arbres à fruits pour attirer les oiseaux et des petits étangs sur le bord desquels les gens pourraient s'asseoir et lire un bon livre. Je ne lui connaissais pas une telle sensibilité.

Tout ça pour dire que je me suis retrouvée seule avec Pascal. Ça m'a un peu déroutée parce que je pensais qu'il allait accompagner Benjamin à son rendez-vous. J'avais tellement envie d'être seule. J'ai souhaité qu'il parte, n'importe où. Qu'il quitte mon territoire et que je n'aie pas à chercher une échappatoire. J'avais bien le droit d'être tranquille chez moi, non ? Si seulement Florence avait été libre. Nous aurions pu sortir... J'aurais pu quitter de ce pas la maison. Inventer un rendez-vous, n'importe quoi. Je devenais spécialiste du mensonge.

— Tu as des projets pour ce soir ?

Je n'avais pas entendu Pascal arriver derrière moi. «Pense vite, Evelyne. Réponds quelque chose. Il attend. Il a les yeux fixés sur toi.» Je m'apprêtais à balbutier un semblant de réponse improvisée, mais il a pris les devants.

— Je pensais aller au cinéma. Si tu n'as rien de prévu...

Aller au cinéma avec Pascal ? Ça sonnait comme un rendez-vous. Pourtant, il l'avait demandé sans arrière-pensée. Son ton était direct et calme, sans aucune hésitation provoquée par la peur d'un refus. Il me demandait de l'accompagner comme si j'étais une vieille amie. Son ton aurait sûrement été différent si c'était à Florence qu'il avait fait son invitation. Les grands yeux caramel de ma blondinette d'amie l'auraient rendu moins confiant.

— Au cinéma... je ne sais pas... j'ai plein de trucs à faire...

— Tu es en vacances! Ça peut sûrement attendre à demain, non?

— Je ne sais pas...

Je jouais nerveusement avec ma bague; celle que ma grand-mère m'a offerte pour mon seizième anniversaire. J'ai arrêté de la tripoter en espérant que Pascal n'ait rien remarqué.

— Qu'est-ce que tu vas voir?

J'ai posé la question pour gagner du temps.

— Ça dépend si tu viens ou pas. Je vais chercher l'horaire du journal si tu veux?

Il avait le sourire dans les yeux. Pascal a toujours le sourire dans les yeux.

Le téléphone a sonné et je me suis empressée de répondre. C'était Florence. Elle s'inquiétait de me savoir seule à la maison.

— J'aurais dû insister pour que tu viennes avec moi. Tu vas encore passer la soirée à broyer du noir. Je te connais, Evelyne St-Arnaud!

Je n'aimais pas qu'elle s'inquiète pour moi.

— Je vais aller au cinéma avec Pascal.

— Quoi?

J'étais certaine qu'elle m'avait bien entendue alors je n'ai pas répété.

— Ah bon, a-t-elle dit finalement. C'est une bonne idée. Ça va te faire du bien.

— C'est ce que je pense aussi.

Pascal était tout près et je ne me sentais pas à l'aise pour parler devant lui. J'ai donc mis fin à la conversation assez rapidement, laissant mon amie plutôt perplexe.

— Tu te décides donc à venir, m'a lancé Pascal tandis que je raccrochais le combiné. Je suis content. On y va?

Il semblait tout prêt à partir.

— Qu'est-ce qu'on va voir?

Je ne pouvais pas dire que j'étais une grande fervente des films d'action et un film romantique ne m'aurait pas semblé approprié. Nous nous sommes donc mis d'accord sur un film à suspense. Un peu dans le genre de Hitchcock. Un bon choix, finalement. Ni Pascal ni moi n'avons réussi à anticiper la fin. Nous sommes demeurés rivés à l'écran jusqu'à la toute dernière seconde. Il était encore tôt lorsque nous sommes sortis de la salle. Ils étaient plusieurs à faire la file pour la représentation suivante. Ça m'a rappelé un épisode des Simpsons dans lequel Homer sort du cinéma et dit tout haut à sa femme qu'il n'en revient pas que Darth Vador soit le père de Luc Skywalker. Évidemment, tous les gens en ligne se fâchent. J'ai raconté cette anecdote à Pascal. Pour briser la glace, peut-être. Je me sentais un peu mal à l'aise. À ma grande surprise, il en savait presque plus que

45

moi sur les Simpsons. Je ne croyais pas que c'était possible. Nous nous sommes donc raconté tour à tour des scènes et des répliques qui nous avaient fait rire. Ça a détendu l'atmosphère et sans m'en rendre compte, nous étions déjà de retour à la maison.

Deux messages de Florence m'attendaient sur le répondeur. En fait, j'ai présumé qu'il s'agissait d'elle, même si dans les deux cas, la personne avait simplement raccroché. Ça lui ressemblait bien ; elle détestait parler à une machine. Je savais qu'elle me bombarderait de questions et je ne me sentais pas très loquace, j'ai donc préféré ne pas la rappeler. Je suis plutôt allée me coucher avec l'idée de continuer la lecture que j'avais entreprise il y a de cela plusieurs mois. Il était rare que je mette autant de temps à achever un bon livre. Je l'ai refermé au bout d'une page tant l'héroïne me paraissait naïve et insignifiante.

— Les temps changent, Evelyne !

Dans mon lit, j'ai scruté le plafond pendant de longues minutes. Le marchand de sable semblait avoir perdu mon adresse. J'ai repensé à ma sortie avec Pascal. Aux deux heures pendant lesquelles nous avions été assis l'un à côté de l'autre au cinéma. Il n'avait rien tenté. Absolument rien. Pas de grotesque étirement afin de passer son bras derrière mon cou, pas même un frôlement. Rien. En d'autres circonstances j'en aurais été vexée. Mais dans ce cas-ci, ça me plaisait bien de constater que Pascal n'avait aucune attirance envers moi.

J'ai encore fait un cauchemar cette nuit-là. Un autre. Un de plus à ajouter à ma liste. On pourrait croire qu'ils en perdraient de l'importance. Pourtant, ils demeuraient toujours aussi intenses. Celui-là était semblable aux autres. Mettant en vedette Philippe et Evelyne, dans les plus mauvais rôles de leurs vies. La seule différence c'est que, cette fois-ci, je m'étais réveillée en criant. Un hurlement de terreur qui avait réveillé toute la maisonnée. J'étais assise dans mon lit, en train de me demander si j'avais rêvé ça aussi, quand Benjamin a essayé d'ouvrir la porte de ma chambre. Je dis bien essayé… puisqu'elle était bien sûr verrouillée.

— Evelyne ?

Je suis rapidement allée lui ouvrir avant qu'il ne s'énerve. Il avait dû se dépêcher parce qu'il était en boxer. Il n'avait pas l'habitude de se promener comme ça devant moi. Nous étions assez prudes dans la famille.

— Qu'est-ce qui se passe ?

Il était à moitié inquiet, à demi endormi.

— J'ai fait un mauvais rêve. C'est tout. Va te recoucher.

Il a hésité une seconde, mais l'appel de son lit était irrésistible et il est reparti dans le couloir. Je l'ai entendu parler avec Pascal. Je l'avais donc réveillé, lui aussi.

Par la suite, j'ai très mal dormi. Vers cinq heures du matin, j'étais debout et je faisais quelques longueurs, seule dans la piscine. L'eau fraîche a rapidement ravigoté chaque parcelle de mon corps endormi. J'ai senti un regain de vitalité couler en moi. Autant en profiter pendant qu'il était là. Peut-être y avait-il un lien entre ce bien-être soudain et l'arrivée de Jeanne aujourd'hui? Ça allait faire du bien d'avoir une présence adulte, pour ne pas dire féminine, dans la maison.

Nous sommes donc allés la chercher à la gare un peu après midi. Elle était radieuse dans sa longue robe avec son grand chapeau. Jeanne est une personne qui dégage dynamisme et bien-être. On n'aurait pas dit, à la regarder, qu'elle venait de perdre un être cher. J'ai toujours pensé qu'il était impossible de ne pas l'aimer. Elle a ce petit quelque chose qui la rend tout de suite attachante et qui donne envie de connaître son monde.

— Ma petite Evelyne !

Elle m'a enlacée, sincèrement contente de me revoir, avant d'embrasser tendrement Ben, qui la dépassait d'une bonne tête. Il a pris ses bagages et nous nous sommes dirigés vers le stationnement, bras dessus, bras dessous.

Elle s'est mise à raconter son voyage et les magnifiques paysages qu'elle avait découverts. Jeanne est très volubile et ne laisse guère de place au silence. Je laissais mes pensées vagabonder au fil de ses récits. Mon visage affichait un sourire que je ne croyais pas voir revenir de sitôt. Ben l'a remarqué et m'a souri à son tour. J'ignorais si c'était « l'effet Jeanne », mais il semblait particulièrement joyeux ce matin. J'ai compris un peu plus tard qu'il s'agissait en fait de « l'effet Geneviève », la fille de M. Fleury, notre nouveau jardinier. Geneviève venait juste de terminer son cours en horticulture et aidait son père dans l'entreprise familiale. J'espérais que Ben ne s'était pas uniquement laissé séduire par les beaux yeux de sa potentielle-future-blonde.

Le temps a passé très rapidement. Le moins qu'on puisse dire, c'est que nous ne nous ennuyions pas. J'avais à peine le temps de penser. Les journées étaient bien remplies avec les nombreuses bricoles à faire dans la maison. Le soir, nous terminions souvent avec des guimauves grillées sur le feu, en évitant de parler des travaux en cours. Repos bien mérité. Pascal nous racontait parfois des histoires de peur. Il était habile pour maintenir le suspense et nous garder en haleine. Florence sursautait à chaque fois. C'était immanquable. À d'autres moments, c'était Jeanne qui jouait à la conteuse en nous déballant ses souvenirs de voyages. Ça me donnait envie de partir. C'est peut-être ce que je ferais d'ailleurs, une fois que j'aurais terminé le secondaire. Je partirais rejoindre mes parents ou conquérir d'autres contrées éloignées.

Le mois d'août touchait à sa fin et je recommençais l'école sous peu. Je n'avais pas tellement envie d'aller m'enfermer entre quatre murs à essayer de me concentrer sur ce que le prof racontait. J'avais besoin d'espace et j'avais perdu ma concentration. J'ai même pensé prendre une année sabbatique; j'aurais pu aider à l'auberge. Mais il ne me restait qu'un an avant d'obtenir mon diplôme de fin d'études secondaires. Aussi bien terminer en même temps que Florence. Je me suis donc retrouvée avec les autres, dans le gros autobus jaune, en ce lundi matin pluvieux de septembre. Rien n'avait changé. David Turcotte faisait toujours le bouffon, assis à l'arrière avec son *fan club*. Florence me racontait pour la centième fois à quel point cette année serait différente. «Cette fois-ci, c'est la bonne ! » Elle était certaine qu'elle allait rencontrer l'amour de sa vie et qu'il allait l'accompagner au bal des finissants. Certaines filles rêvent du mariage, mais elle, c'était le fameux bal qui la fascinait. Elle en parlait depuis le primaire. Elle avait déjà commencé à magasiner sa robe. Chère Florence !

En fin de compte, le retour en classe s'est avéré moins pénible que je l'avais anticipé. Je me retrouvais en territoire connu. L'école était la seule sphère de ma vie qui me semblait encore intacte. Les jours s'y suivaient et se ressemblaient. J'espérais reprendre ma place au sein de l'équipe féminine de volley-ball. L'activité physique me ferait sûrement du bien, en me permettant de me défouler un peu. Pour ce qui est de la vie à la maison, elle suivait son cours. Tout comme moi, Pascal était de retour en classe, sauf qu'il faisait son entrée à l'université. Ce n'était pas le cas de mon frère, qui n'avait jamais beaucoup aimé les études, au grand regret de mes parents. La pilule passait mieux maintenant, avec son projet d'auberge. Pour le reste, bien évidemment, la baignade était révolue, mais nous faisions toujours des feux, le soir, lorsque dame nature le permettait. Je commençais réellement à m'habituer à ma nouvelle famille, ma famille recyclée comme Florence se plaisait à la surnommer.

En rentrant chez moi ce soir, l'odeur des bons petits plats de Jeanne est venue me chatouiller les narines. Hum ! Vive l'automne pour sa cuisine maison ! La salle à manger était animée. J'entendais les gars rire et chahuter. Mon cœur s'est arrêté lorsque j'ai vu Philippe. Je suis restée figée un moment, incapable de faire quoi que ce soit. Il était bien là. Chez moi. En train de boire une bière dans MA cuisine, avec MA famille. J'ai soudainement eu l'impression que tout le monde était contre moi. D'être celle de trop.

# 5

## L'aveu

— **A**lors, Evelyne ! Comment s'est passée ta journée ? a demandé Benjamin en m'ébouriffant les cheveux.

J'ai réussi à balbutier un minuscule «bien» à peine audible. Il n'a pas remarqué mon malaise.

— Tu vas être contente. J'ai fait de la lasagne.

Tante Jeanne semblait heureuse à l'idée de me faire plaisir. Je ne voulais pas la décevoir, mais c'était ma seule porte de sortie. Je me suis donc empressée de dire que j'avais promis à Florence de souper avec elle, en prenant soin de m'excuser de ne pas les avoir prévenus. Je suis partie très vite en donnant l'impression d'être en retard. J'ai enfourché mon vélo et j'ai pédalé à toute vitesse jusque chez mon amie. J'espérais qu'elle soit là. J'avais envie de lui parler. J'avais besoin d'elle, là, maintenant, tout de suite. Elle n'y était pas.

— Comment peux-tu me faire ça, Flo ?

Je me suis promenée à vélo dans le quartier, espérant la croiser. Ironie du sort, c'est devant chez moi que j'ai finalement aperçu sa bicyclette. Elle sortait de la maison quand je suis arrivée.

— Ah, Vivi… tu es là ! a-t-elle lancé en venant vers moi. Ne t'en fais pas. Je leur ai dit qu'on s'était mal comprises. Tout le monde est convaincu qu'on devait réellement souper ensemble, a-t-elle ajouté tout bas, consciente de mon trouble.

En marchant à côté de nos vélos, nous nous sommes rendues jusqu'aux friches. Je bouillais en dedans. Il fallait que ça sorte. Je lui ai raconté comment je m'étais sentie. Cette impression que tout le monde me trahissait, m'abandonnait.

— C'est tellement injuste ! C'est lui le fautif et c'est moi qui paie constamment.

Du bout du pied, j'ai frappé un caillou à la manière d'un jeune enfant fâché. Le visage de Florence criait victoire. J'attribuais finalement la culpabilité à Philippe. Ce qui reflétait bien mon ambiguïté. À certains moments, j'étais inébranlablement convaincue que c'était lui le seul et unique coupable, mais quelques minutes plus tard il se pouvait que je n'en sois plus aussi certaine. C'est ce changement continuel que Florence n'arrivait pas à suivre. Comment aurais-je pu lui expliquer alors que je n'arrivais pas à me comprendre moi-même ?

— Pourquoi tu te sens coupable, Evelyne ? Son ton était doux, ses yeux attentifs.

J'ai soupiré et détourné la tête. C'était tellement difficile de parler de ça. Même avec celle à qui je me confiais sans retenue depuis l'enfance. J'aurais pourtant aimé qu'elle sache. Le poids était trop lourd à porter. Si seulement elle avait pu aller chercher l'information directement dans ma tête, sans que j'aie à la lui transmettre verbalement.

— Je l'ai laissé aller trop loin… c'est pour ça que ça a mal tourné.

Florence n'a rien dit, comme si elle craignait qu'en m'interrompant, je referme la porte que je venais d'entrouvrir.

— Il ne s'est pas jeté sur moi tout de suite en arrivant. C'est ça, le problème. Il était doux au début. Je lui tournais le dos, en train de préparer les chocolats chauds, quand il s'est approché de moi. Il a commencé par jouer dans mes cheveux, tout doucement. Je n'osais pas me retourner. Il me disait plein de belles choses : que j'étais belle, que j'allais lui manquer, combien de fois il s'était imaginé m'embrasser… Je me suis sentie toute molle quand il l'a fait. J'avais envie qu'il continue, j'en avais des frissons. Il a fallu quelque temps avant que je me ressaisisse.

J'ai fait une pause. Florence est demeurée silencieuse. J'ai pris quelques inspirations pour ralentir mon rythme cardiaque ; une partie de moi était restée dans la cuisine avec Philippe.

— Il m'a prise par la main et m'a entraînée dans le salon. Je l'ai suivi, comme la reine des idiotes ! Il a continué à m'embrasser, mais il n'était plus aussi doux qu'au début. À ce moment-là, j'ai réalisé qu'il devait avoir pris plus qu'une ou deux bières. Ça m'a rendue nerveuse tout d'un coup. Il n'a pas eu l'air de s'en rendre compte parce que ses mains sont devenues encore plus baladeuses. Je lui ai ordonné d'arrêter lorsqu'il a essayé de détacher mon soutien-gorge, mais il a continué comme s'il n'avait rien entendu. Ça allait beaucoup trop vite. Ensuite, il a complètement perdu le contrôle. On aurait dit qu'il était dans un autre monde. Comme s'il n'avait pas vraiment conscience de moi. Il ne restait plus rien de sa douceur… il restait juste son haleine qui empestait l'alcool. J'ai vraiment essayé de le repousser, mais il était beaucoup trop fort. J'arrivais à peine à respirer. J'ai vraiment essayé, Flo, je te jure…

Mon amie était suspendue à mes lèvres, comme à un feuilleton télé. Je voulais tellement qu'elle me croie.

— Après, c'est confus. Je pense que mon cerveau a volontairement perdu la clé de ce tiroir-là.

De toute façon, Florence connaissait la suite puisque c'est elle qui m'avait trouvée. Elle avait laissé une douzaine de messages sur mon répondeur après que Benjamin l'eut appelée en direct de Vancouver, s'inquiétant que je ne réponde pas au téléphone. Elle avait fini par venir chez moi. Elle s'était faite si insistante que j'avais fini par lui ouvrir. Je me souviendrai toujours de son expression lorsqu'elle m'a vue. Elle a tout de suite compris que quelque chose de grave venait de se passer.

— Ève…? Qu'est-ce qui s'est passé?

— Philippe, avais-je laissé échapper dans un murmure.

— Philippe…? Est-ce qu'il…

J'avais acquiescé de la tête. Il n'en avait pas fallu plus. Elle avait compris l'essentiel. Le lendemain matin, il prenait l'avion afin de rejoindre Benjamin et Pascal. C'était la fin de l'histoire pour lui et le début pour moi.

— Le salaud! Je n'arrive pas à croire qu'il ait pu faire une chose pareille. Je ne pensais jamais en venir à détester quelqu'un autant que ça!

Moi qui croyais que ces détails allaient rehausser l'image de Philippe. Florence semblait lui en vouloir encore plus.

— Est-ce que tu as bien compris tout ce que j'ai raconté, Florence? Je l'ai laissé aller trop loin. J'aurais dû l'arrêter dès le début. Je l'ai laissé entrer, je lui ai offert à boire et je l'ai même suivi sur le divan! Pas étonnant qu'il ait interprété ça comme une permission d'aller plus loin.

— Ce gars-là a un sérieux problème, Evelyne! Rien de ce que tu as fait ne lui donnait le droit de te traiter comme ça, tu entends? C'est lui, le fautif! Pas toi. Ce n'est pas parce que tu l'as laissé t'embrasser que tu lui donnais carte blanche!

Une partie de moi savait bien qu'elle avait raison. Je n'arrivais pourtant pas à chasser ce sentiment de culpabilité qui me torturait. Pas un jour ne passait sans que je ne ressasse les événements en me demandant ce que j'aurais pu faire de différent. J'avais toujours cru que, advenant une attaque de cette nature, je dénoncerais mon agresseur sans aucune hésitation. C'était sans prévoir qu'elle aurait pour auteur quelqu'un que je connaissais. Pas un inconnu qui ferait irruption chez moi en pleine nuit, mais bien un ami de la famille que j'aurais délibérément fait entrer et à qui j'aurais peut-être suggéré plus que ce que je voulais.

Florence y est ensuite allée de quelques commentaires virulents sur Philippe, poussant même l'offense jusqu'à prétendre qu'elle l'avait toujours trouvé un peu étrange… Alors que je savais très bien qu'elle le trouvait assez attirant, à peine quelques mois plus tôt. En silence, nous avons marché jusque chez elle, perdues dans nos pensées. Contre toute attente, sa mère était là. Mireille arrivait normalement en fin de soirée, lorsqu'elle rentrait coucher. Rien de moins sûr depuis qu'elle avait son nouveau copain. Florence se plaignait constamment de ses absences, mais mère et fille partageaient malgré tout une belle complicité. Peut-être parce qu'elles n'avaient pas le temps de se tomber sur les nerfs. Je comprenais un peu mieux ce que vivait mon amie maintenant que mes parents habitaient de l'autre côté de l'équateur. Heureusement que j'avais ma famille recyclée pour combler le vide qu'ils avaient laissé. J'aurais eu du mal à tenir le coup dans une maison silencieuse. Le silence laisse trop de place aux fantômes.

# 6

# Brise
# d'automne

Encore une fois, j'étais rentrée après minuit. Voilà pourquoi j'arrivais à peine à garder les yeux ouverts ce matin-là. Ce que j'aurais donné pour regagner mon lit ! En plus, je commençais en maths avec l'Araignée. Son vrai nom, c'était Laramé. Huguette Laramé. Mais tout le monde l'appelait l'Araignée. Ça lui allait bien, étant donné que tous les élèves étaient arachnophobes. Elle ne s'arrangeait pas pour se faire aimer. Elle maintenait un climat de tension du début à la fin du cours. Elle se promenait entre les bureaux, silencieuse, jusqu'à ce qu'elle attaque sa proie par derrière avec une question pointue qui ne tolérait aucune mauvaise réponse. Le pauvre petit étudiant se faisait capturer sans même avoir vu venir le coup. Et gare à celui qui se faisait prendre !

Je luttais pour garder les yeux ouverts, tout en regardant sans cesse les aiguilles de l'horloge, qui semblaient s'être immobilisées. Ça peut paraître long, cinquante minutes, parfois ! J'ai réussi à tenir le coup jusqu'au dîner et j'ai rejoint Florence à l'extérieur afin de profiter du beau temps avant que l'automne ne soit définitivement installé.

— On a quoi cet après-midi ? m'a-t-elle demandé avant de mordre dans son sandwich.

— Français et chimie.

Elle a fait la grimace, visiblement déçue.

— Tu t'attendais à quoi ? Cinéma et magasinage 101 ?

— Ça paraît que tu te tiens avec Pascal.

— Qu'est-ce que tu veux dire ?

— Ce serait bien son genre de réplique, non ? Il aime faire de l'humour.

Elle disait vrai dans les deux cas. Effectivement, Pascal et moi avions répété notre expérience cinématographique. Notre sortie du mardi soir était en train de devenir une tradition, probablement parce qu'il me faisait bien rire. Sa compagnie me changeait les idées. Sans compter qu'il était toujours aussi gentleman qu'au premier soir. Ce qui faisait bien mon affaire.

J'ai regardé mon amie, occupée à repousser les cheveux que le vent glissait entre elle et son sandwich, et j'ai su que j'avais vu juste. Florence avait un faible pour Pascal. Je le savais. Elle parlait beaucoup trop de lui dernièrement pour qu'il en soit autrement. Le petit sourire subjectif que je lui ai fait ne laissait aucun doute sur la nature de mes pensées.

Elle a compris assez vite :

— Une minute, là ! Ne saute pas trop vite aux conclusions. Il n'y a absolument rien entre Pascal et moi.

— Pas encore…

Elle a nié de la tête.

— Tu te trompes. C'est plutôt à toi que je pensais.

Je l'ai regardée, sans comprendre.

— Je ne vais quand même pas te faire un dessin. C'est à toi que je pensais. Toi et Pascal.

Elle était bonne, celle-là ! Florence qui m'inventait des histoires d'amour.

— Je pense que vous devriez réajuster votre tir, Florence-le-Cupidon. Vos flèches se perdent dans la nature.

— Non mais, sérieusement, Evelyne, tu ne vas quand même pas te fermer à l'amour pour le reste de ta vie.

— Peut-être pas pour le reste de ma vie, comme tu dis, mais laisse-moi respirer un peu. Dans la mesure du possible, j'aime autant éviter les amis de mon frère... et ceux de Philippe.

Elle m'a fait une petite moue qui prouvait que j'avais marqué un point.

— Pourquoi tu ne le gardes pas pour toi, Pascal, si tu le trouves si intéressant?

— Je ne crois pas qu'il soit intéressé. À la manière dont il te regarde, j'ai décidé d'abandonner.

— Tu t'inventes des histoires, ma vieille.

— De toute manière, j'ai d'autres plans, m'a-t-elle finalement lancé avec un sourire malicieux.

— Ah oui? Qui?

Elle a jeté un coup d'œil par-dessus son épaule en m'indiquant discrètement... David Turcotte! Le clown de l'école! Définitivement, le tricot n'était pas pour moi. Je ne connaissais pas ma meilleure amie. Turcotte! Je n'aurais jamais pensé à lui!

Sur ces entrefaites, une fille qui était dans mon équipe de volley-ball l'année précédente s'est approchée pour me rappeler que les qualifications avaient lieu aujourd'hui. J'ai donc reporté à plus tard mon interrogatoire concernant «le plan Turcotte».

Mon cours de français m'a semblé encore plus pénible que celui avec l'Araignée. Je ne pouvais pas croire que quelqu'un puisse s'acharner à enseigner dans ces conditions. La moitié des élèves dormaient sur leurs pupitres et les autres étaient beaucoup plus concentrés sur les acrobaties de Turcotte que sur ce qui se passait en avant. Le prof, lui, ne semblait rien remarquer. Il était dans une espèce de bulle à lui, sans réel contact avec le monde extérieur. Florence comptait parmi les admirateurs de Turcotte… évidemment. Moi, je faisais bande à part. Turcotte me laissait indifférente et si j'avais eu à choisir, j'aurais penché pour le clan du sommeil. Assise en arrière, j'entendais à peine ce que le professeur racontait… ou plutôt ce qu'il murmurait. Il se faisait enterrer par le ronflement de Maxime, assis juste devant moi ! Ça devenait ridicule. Quelle perte de temps. J'ai profité d'un moment pendant lequel monsieur Murmure faisait face au tableau pour me glisser vers la sortie. Florence m'a jeté un coup d'œil interrogateur.

— Ça va, Vivi ?

— Oui, oui.

J'ai chuchoté :

— Je suis juste tannée d'être ici.

J'ai attendu quelques minutes dans le couloir. Je croyais qu'elle viendrait me rejoindre, mais non. Elle avait préféré rester avec Turcotte. Ça m'a mise de mauvaise humeur. Ça ne faisait que commencer. Je suis tombée sur Philippe à la sortie. Il était appuyé contre le mur de briques en compagnie de Roxanne Bédard, une fille de cinquième secondaire, comme moi. Ils étaient en train de s'embrasser à pleine bouche. On aurait dit qu'il cherchait à lui arracher les amygdales avec sa langue. Je suis passée devant eux rapidement, espérant qu'ils soient trop occupés pour m'apercevoir. J'ai quand même entendu Roxanne qui disait :

— Ce n'est pas la sœur de ton ami Ben qui vient de sortir ?

J'ai fait l'innocente et je ne me suis pas retournée. Quelle malchance ! Allais-je devoir fuir Philippe à l'école aussi, comme si ce n'était pas déjà assez compliqué ? Puis, j'ai eu une petite pensée pour Roxanne. Je ne la connaissais pas beaucoup, mais elle me semblait sympathique. J'ai pensé la mettre en garde contre Philippe. Mais c'était sans doute inutile ; elle couchait probablement déjà avec lui.

— Evelyne !

Mon cœur a fait trois tours. Je n'osais pas me retourner. La tension s'est dissipée lorsque j'ai reconnu la voix de Pascal.

— Ah, salut! Qu'est-ce que tu fais ici?

— Je reviens de l'université avec Phil. Il voulait voir Roxanne, sa nouvelle conquête.

Il l'avait dit d'une manière qui laissait croire que ce n'était ni la première, ni la dernière.

— J'en profite pour aller visiter un appartement qui est à louer tout près d'ici, question de vous débarrasser le plancher le plus vite possible.

— Tu peux rester aussi longtemps que tu veux, tu sais.

J'étais sincère. Je ne m'en faisais plus avec Pascal.

— Et toi, qu'est-ce que tu fais?

Je me suis mordu la lèvre inférieure. À cette heure-ci, c'était clair que je devais être en classe. Il l'a compris et avec un regard complice, il n'a ajouté aucun commentaire.

— Tu rentres chez toi?

— Non, j'ai du volley-ball après les cours.

— Tu joues? Tu n'en as jamais parlé... mais c'est vrai que tu ne parles pas beaucoup de toi.

— Ce sont les qualifications ce soir. Je dois absolument y être si je veux faire partie de l'équipe cette année.

— C'est à quelle heure?

— Trois heures et demie.

— Parfait! Ça nous donne assez de temps pour aller visiter.

— Nous?

— Ça ne te tente pas de m'accompagner? Deux paires d'yeux valent mieux qu'une pour détecter les défauts cachés.

« Pourquoi pas? » ai-je pensé. J'avais du temps à tuer.

— Dis oui, s'il te plaît, s'il te plaît... a-t-il commencé à la blague, avec des yeux de chien piteux.

Je lui ai fait un petit sourire en coin.

— Allons-y dans ce cas!

L'appartement était tout près de la poly. Nous n'avons marché qu'un seul pâté de maisons avant d'y arriver. Il se trouvait au deuxième étage d'un duplex en briques blanches. De l'extérieur, il n'y avait rien à redire; l'immeuble était bien entretenu et le quartier avait bonne réputation. Pascal a sonné au numéro deux. Un homme aux cheveux grisonnants et au bedon bien rond est venu nous ouvrir.

— Bonjour, jeunes gens. Entrez, entrez!

Nous l'avons suivi au deuxième, tandis qu'il louangeait dame nature, qui avait su nous offrir une aussi belle journée.

Le logement était petit, mais agréable. Pendant une seconde, je me suis imaginé que c'était moi qui allais m'installer ici. J'ai longtemps rêvé du jour où j'aurais mon petit chez-moi. Je n'étais plus aussi pressée maintenant. Je m'étais habituée à la présence de Jeanne, de Ben et de Pascal.

Les deux hommes sont venus me rejoindre sur le balcon.

— Je vous le dis, ma petite demoiselle, vous seriez bien tous les deux ici. Les voisins sont tranquilles. Je n'ai jamais eu de problèmes en trente ans ! Il faut savoir choisir son monde.

Je l'ai tout de suite corrigé en pointant Pascal du doigt.

— Non, non, c'est seulement pour lui que l'on regarde.

— Même si vous n'allez pas y habiter, vous allez sûrement y passer pas mal de temps, non ? a renchéri le propriétaire, les yeux pleins de sous-entendus.

Pascal semblait s'amuser de la situation, tandis que moi, je fronçais les sourcils. Le bonhomme ne comprenait rien. Nous sommes repartis en direction de l'école, tandis que mon compagnon riait de bon cœur. J'ai finalement abaissé mon bouclier et j'ai pouffé moi aussi. En y repensant, ce petit monsieur bon vivant était plutôt comique.

— Tu es belle quand tu souris, Evelyne.

Je ne l'avais pas vue venir, celle-là. Le sourire en question s'est éteint tout d'un coup.

— Ce n'était pas une insulte. Au contraire. Ça veut juste dire que tu devrais sourire plus souvent.

Il a probablement senti mon malaise parce qu'il s'est empressé d'ajouter :

— Mais pour le moment, tu devrais plutôt penser à courir si tu veux devenir la prochaine joueuse étoile de volley-ball parce qu'il est déjà trois heures vingt-cinq.

Les aiguilles de ma montre ont confirmé qu'il disait vrai et je me suis élancée vers l'entrée du gymnase.

En sortant du vestiaire, j'ai croisé Magdi, l'entraîneur, très content de me voir. Il avait craint que je ne me présente pas cette année. Je ne lui avais pas donné signe de vie depuis le début des classes.

— Je suis bien content de savoir que l'équipe pourra encore une fois compter sur toi.

Il parlait comme si j'en faisais déjà partie. Ce qui était loin d'être sûr étant donné que je n'avais pas joué de l'été. Il valait mieux ne pas « mettre la charrue devant les bœufs », comme aurait dit ma chère grand-mère.

La plupart des filles qui faisaient partie de l'équipe l'an passé étaient présentes. Il y avait aussi quelques nouveaux visages, dont celui de Marianne, qui n'avait pas réussi à se qualifier l'année précédente. Je lui souhaitais bien de réussir. Je savais que c'était très important pour elle.

J'étais surprise de constater que plusieurs s'étaient déplacés pour assister aux qualifications, ce qui était assez surprenant. Généralement, ce genre d'épreuves n'attirait pas foule. Je n'ai pas osé regarder vers l'estrade. Ça m'aurait mis trop de pression de savoir que Pascal y était. Je l'avais quitté très vite, par peur d'être en retard, et j'ignorais s'il était resté.

À tour de rôle, Magdi a testé nos services, nos touches, nos manchettes et nos smashs. Il nous a ensuite fait jouer une partie, question d'observer nos aptitudes en équipe. Je suis de nature assez humble, mais je dois avouer que je me suis surpassée. Une petite voix à l'intérieur me soufflait qu'il y avait sûrement du Pascal là-dessous, mais je ne l'écoutais pas. Je n'avais rien à prouver à quiconque. Magdi a finalement mis fin au jeu, nous annonçant que les noms des filles sélectionnées seraient affichés sur le babillard le lendemain matin.

Je suis restée sous la douche aussi longtemps que la bienséance me le permettait. Je serais bien demeurée toute la journée sous le jet brûlant, mais d'autres filles attendaient leur tour. J'avais parfois l'impression que, petit à petit, chaque douche arriverait à me nettoyer de ma mauvaise expérience, à me la faire oublier. En passant devant le miroir, j'ai fait une pause pour m'observer. Mes yeux n'avaient plus seulement la couleur des nuages pluvieux ; le mauvais temps s'y lisait aussi en profondeur. Marianne est sortie du vestiaire en même temps que moi et je l'ai félicitée pour sa performance. Mon commentaire l'a flattée, mais elle ne semblait pas convaincue d'avoir réussi à se démarquer.

Mon intuition ne m'avait pas trompée. Pascal m'attendait à l'extérieur. Ce que je n'avais pas prévu par contre, c'est qu'il serait en compagnie de Philippe et Roxanne. Les deux tourtereaux avaient accordé une pause à leur langue surmenée. Je ne pouvais pas reculer. Je devais faire face à la situation. J'ai donc puisé dans ma réserve de sang-froid pour les rejoindre, le plus naturellement du monde. J'allais sûrement mourir d'une crise cardiaque si je continuais d'imposer à mon cœur un rythme aussi rapide que celui des derniers jours.

— Eh, Evelyne ! s'est écriée Roxanne, visiblement impressionnée. Tu vas faire l'équipe, c'est certain ! Wow ! Tu as éclipsé toutes les autres joueuses !

— J'approuve ! a renchéri Pascal. Félicitations, mademoiselle St-Arnaud !

Philippe est demeuré muet, un peu à l'écart. J'évitais de le regarder. Il y avait tout de même des limites aux efforts que je pou-

72

vais faire. J'espérais seulement que cette rencontre à quatre prendrait fin le plus rapidement possible.

— On pensait sortir ce soir. Ça serait bien que vous veniez avec nous ! a suggéré Roxanne.

Heureusement pour moi, Philippe a réglé la situation.

— Je ne pense pas que je pourrai ce soir, Roxanne. J'avais oublié, mais j'ai un travail à remettre pour demain.

Quelque chose me disait que ce n'était pas tout à fait vrai. Pour la première fois, je réalisais que Philippe était sûrement aussi mal à l'aise en ma présence que je l'étais avec lui. Cette pensée m'a donné le courage de le regarder, pour constater que lui, évitait de le faire. Il avait probablement aussi hâte que moi que cette conversation se termine.

— Je devrais d'ailleurs m'y mettre si je veux terminer à temps, a-t-il ajouté.

Roxanne était déçue.

— On se reprendra alors, OK ?

Pascal s'est déclaré partant et nous les avons quittés, à mon grand soulagement.

# 7

# La tempête

Le reste de la soirée, je l'ai passé chez Florence. Sa mère était absente. Elle passait la nuit chez son nouvel amoureux. Je lui ai donc tenu compagnie. Elle n'aime pas trop être seule le soir. Il était assez tard lorsque je suis rentrée. Mon amie m'a regardée partir. J'ai couru dans la rue déserte jusque chez moi et, sur le perron, je lui ai envoyé la main. Elle pouvait dormir tranquille, me sachant bel et bien rendue à destination. Ben était assis à la table de la cuisine. Il m'attendait de pied ferme.

— Tu as vu l'heure qu'il est, Evelyne ?

Je n'en avais aucune idée. Il ne m'a pas laissée dans l'ignorance bien longtemps.

— Il est presque une heure du matin! Veux-tu bien me dire où tu étais encore passée?

— C'est quoi? Un interrogatoire en règle? Veux-tu que je m'assoie directement sous la lumière?

J'avais du mal à me retenir de rire. Son air soucieux m'avait d'abord laissé croire que quelque chose de grave était arrivé, mais je n'allais quand même pas prendre au sérieux ses petites inquiétudes de grand frère poule.

— Tu te trouves drôle, Evelyne St-Arnaud? Tu vas sûrement te trouver pas mal moins drôle quand tu vas redoubler ton cinquième secondaire.

— Qu'est-ce qui te prend? Ce n'est pas parce que je rentre tard un soir que je vais couler mes cours. Veux-tu bien me dire ce que tu as mangé?

C'est lui que je ne trouvais plus drôle maintenant.

— Il faudrait d'abord que tu commences par aller à tes cours.

Il semblait tout fier de son coup. 1-0 pour Ben. Une explosion de colère s'est déclenchée en moi. Comment Pascal avait-il pu? Il était le seul à savoir que j'avais manqué des cours dernièrement. Le seul avec Florence. Mais mon amie ne m'aurait pas trahie de la sorte.

Moi qui en étais venue à faire confiance à Pascal. Je pensais que nous devenions bons amis. De quoi se mêlait-il, celui-là?

Je suis demeurée muette pendant plusieurs secondes. Ben ne disait rien, attendant que la tempête se calme. Mais c'est tout le contraire qui s'est produit.

— Ce n'est pas de tes affaires, Benjamin St-Arnaud! Si tu as envie de jouer au père, va faire un bébé à ta Geneviève! Tu es juste mon frère. Je n'ai aucun compte à te rendre. Tu entends? C'est quoi? Tu fais un *trip* de pouvoir soudainement?

— Tu l'as dit, Evelyne, je suis ton frère et je ne te regarderai pas foutre ta vie en l'air parce que tu es en pleine crise d'adolescence!

Son ton avait grimpé sur l'échelle de Richter. J'ai eu envie de lui crier que mon adolescence n'avait rien à voir là-dedans et que c'était son grand chum Phil qui était le responsable de ma «crise», mais je me suis retenue. On doit être prudent avec la colère; elle enivre, comme l'alcool, et nous fait parfois dire des choses que l'on regrette ensuite.

— Ne t'en fais pas avec ma vie. Je peux très bien la gérer toute seule. Garde plutôt ton énergie pour tes beaux projets et laisse-moi en paix!

J'ai entendu des pas dans l'escalier. Notre vacarme avait sans doute réveillé Pascal et

Jeanne. Tant pis, aussi bien continuer sur ma lancée ; le mal était fait.

— Tu peux vivre tant que tu veux, Evelyne, mais tu ne rentreras pas, passé minuit, sans nous prévenir ! Tu as seize ans ! Même moi je ne rentrais pas à cette heure-là à ton âge. Puis, tu arrives seule en plus. Ce soir, aux nouvelles, on disait qu'une femme s'est fait violer pas très loin d'ici. Es-tu totalement inconsciente du danger ?

— Tu sauras que la plupart des victimes sont violées par des gens qu'elles connaissent ! Si ça peut te rassurer !

Tante Jeanne est apparue, dans le but de calmer les esprits. Elle marchait sur des œufs, la pauvre. Cette altercation ne menait nulle part d'ailleurs, alors aussi bien aller me coucher. Je l'ai contournée pour rejoindre l'escalier. Pascal y était assis. Il aurait mieux valu pour lui qu'il soit ailleurs. Ça lui aurait évité d'être exposé de trop près du volcan Evelyne.

— Et toi, Pascal Courchesne, de quoi tu te mêles, hein ? Qu'est-ce que ça t'a donné d'aller me dénoncer à Ben ? Je pensais qu'on était en train de devenir amis, toi et moi. J'aurais dû me douter que tu irais tout bavasser. On ne peut faire confiance à personne de nos jours !

Je l'ai planté là et je me suis enfermée dans ma chambre en claquant la porte derrière moi. J'ai l'impression de détester le monde entier parfois. Je me suis assise sur le bord de la fenêtre, les genoux repliés contre ma poitrine, observant les arbres à travers la petite lucarne. J'ai pensé appeler Flo, mais la lumière de sa chambre était éteinte. Je suis donc restée seule, m'imaginant être l'une de ces feuilles, transportées par le tourbillon du vent.

# 8

# La petite souris

Une petite souris a gratté à ma porte ce matin. La voix un peu rauque de Benjamin a prononcé mon nom. J'étais à demi endormie et je n'avais pas envie de voir qui que ce soit. Le temps n'avait rien pour aider mon humeur. Au cours de la nuit, le vent s'était fait ami avec la pluie, offrant un résultat assez déprimant. Rien qui me donnait envie de sortir du lit.

La petite souris a gratté de nouveau.

— Evelyne…?

— Quoi? ai-je finalement répondu, d'un ton maussade.

— Je peux entrer?

Dans mon empressement de la veille, je n'avais pas pris la peine de verrouiller ma porte.

— À tes risques et périls, me suis-je contentée de répondre.

La porte s'est ouverte doucement et je me suis camouflé la tête sous les couvertures. J'étais toujours fâchée contre mon frère, mais, moi aussi, je m'étais emportée la veille. Je n'avais pas tellement envie de l'affronter.

— C'est moi qui ai perdu, a d'abord lancé Ben. J'ai joué à roche-papier-ciseaux avec Pascal et Jeanne et, en tant que perdant, j'ai été désigné pour venir affronter l'ours dans son antre. Pas besoin de te dire que les deux autres étaient vraiment soulagés.

Je me suis découvert les yeux. Benjamin faisait tout de même preuve de courage ; venir ainsi affronter l'ours grognon, avec comme unique arme son sens de l'humour.

— La saison d'hibernation est terminée ? On s'apprête à déjeuner. Tu te joins à nous ?

Ses paroles avaient tout d'un coup débloqué mes narines. L'odeur de crêpes qui provenait de la cuisine me chatouillait l'appétit.

— Tante Jeanne a fait des crêpes ?

— Des crêpes oui, tante Jeanne non.

— Qui alors ?

— C'est Pascal qui nous fait le déjeuner.

— Pascal ?

— Oui, Pascal. Ça te surprend ?

— Non.

Je voulais changer de sujet. Je préférais ne pas parler de Pascal avec Ben.

— En passant... ce n'est pas lui qui m'a dit que tu séchais tes cours.

— Pas Pascal. Mais alors qui ?

— C'est ton prof de chimie qui a appelé à la maison. Il s'inquiète pour toi. Il dit que tu n'as pas très bien réussi ton dernier test et que tu as manqué son cours trois fois au cours des deux dernières semaines. Ce n'est pas dans tes habitudes.

Mon prof de chimie ! Elle était bonne, celle-là. Et moi qui étais tombée sur la tête de Pascal sans aucune délicatesse. Il devait m'en vouloir maintenant.

— Il y a quelque chose qui ne va pas, Evelyne ? C'est papa et maman qui te manquent autant ? Grand-maman ? Tu me sembles si différente ces derniers temps.

— Je suis fatiguée. Ça va se tasser, tu vas voir.

Il n'avait pas l'air convaincu.

— Viens, on devrait aller manger avant que ça refroidisse. Mais j'aimerais bien qu'on revienne là-dessus, un peu plus tard. D'accord ?

J'ai fait signe que oui, soulagée que l'on reporte cette discussion aux calendes grecques.

— Tu me donnes du souci, Evelyne-la-rouquine! a soupiré Ben en feignant de m'étrangler de ses deux mains.

Je me suis défendue en lui donnant un bon coup d'oreiller. Il s'est ensuite mis à me chatouiller. C'était mon point faible et il le connaissait depuis longtemps. Il a continué jusqu'à ce que je sois complètement à bout de souffle, puis m'a soulevée hors du lit.

— Attends, je m'habille et je descends!

Sans m'écouter, il nous a transportés, moi, mes cheveux en bataille et mon pyjama à pattes, comme un vulgaire sac de patates jusqu'à la salle à manger.

— Bon matin, Evelyne! m'a accueillie Jeanne avec son plus beau sourire, comme si rien ne s'était passé la veille.

— Bonjour, Evelyne!

Ça, c'était Pascal. Tout sourire, comme d'habitude. Lui aussi semblait avoir oublié ma colère de la veille. Il a déposé quelques crêpes sur la table et il est retourné à la cuisine. C'était peut-être le bon moment pour que j'aille m'excuser.

— La prochaine est pour toi, m'a-t-il annoncé.

— Parce que tu vas faire mon déjeuner, malgré ce que je t'ai dit hier soir?

— Je ne suis pas rancunier.

— Peut-être, mais il y a des limites, quand même ! Je suis désolée, Pascal. Je n'aurais pas dû t'accuser sans être bien certaine.

Il m'a jeté un petit regard qui laissait croire que j'étais toute pardonnée.

— Le pire, c'est qu'après avoir subi ta colère, je me suis fait chicaner par Ben.

— Comment ça ?

— Il était fâché que je ne lui aie pas parlé de tes absences.

— Qu'est-ce que tu lui as dit ?

— Que je n'avais pas à le faire. Et que si c'était à recommencer, je ferais exactement la même chose. Je suis digne de confiance, a-t-il ajouté, faisant allusion à mon commentaire de la veille.

Sur ce, Benjamin a fait irruption dans la cuisine, faussement fâché.

— On manigance dans mon dos encore ? Je vais devoir vous avoir à l'œil, vous deux !

Une odeur de brûlé a rappelé le chef à son poêlon. Il a rapidement retiré du feu ma pauvre crêpe sur le point de rendre l'âme.

— Ce n'est pas grave ! C'est juste celle d'Evelyne de toute manière, m'a gentiment taquinée Pascal.

Le reste de la journée, j'ai pris ça assez relax. En début de soirée, Florence est venue me rejoindre pour étudier. Nous avions un examen de chimie dans moins d'une semaine. Ai-je vraiment besoin de préciser que ça se présentait plutôt mal pour moi ? J'étudiais toujours à la dernière minute et j'avais malgré tout de bonnes notes. Mais pour la chimie, ça ne marchait pas comme pour les autres matières. Il devait y avoir un concept de base que je ne maîtrisais pas bien parce que ça me paraissait aussi clair que du chinois. J'avais des difficultés avec ce qui n'était pas concret.

Jeanne et les gars s'occupaient à installer les décorations d'Halloween, une fête que Ben a toujours aimée. Il mettait le paquet pour épater la galerie. Je pense que ça faisait partie de sa stratégie de marketing. En nous faisant remarquer ainsi, ça aidait à nous faire connaître. Il avait d'ailleurs déjà installé un écriteau qui indiquait l'ouverture de l'auberge pour février. Je ne voulais pas faire la rabat-joie, mais je doutais qu'on soit prêts aussi tôt. Enfin…

— Fais un petit effort, Evelyne. Je t'ai déjà expliqué cet exercice deux fois. Sors de la lune !

— Je n'ai vraiment pas la tête à ça, Flo. Pourquoi on ne remet pas ça à demain ?

— Parce que demain, ça va être exactement la même chose. Tu le sais très bien. Et jeudi soir, tu vas m'appeler en larmes, complètement paniquée.

Le téléphone a sonné et je suis allée répondre, contente de m'épargner quelques secondes de torture cérébrale.

— Allô?

— Allô! Est-ce que Pascal est là?

— Oui, un instant.

J'ai hésité un moment, pensant reprendre l'appareil et demander à cette voix féminine de s'identifier, mais ce n'était pas de mes affaires.

Pascal était grimpé dans l'échelle, occupé à installer des lumières orange sur la corniche de la maison de ma grand-mère. Je suis donc retournée à l'intérieur, avec le droit maintenant acquis de faire ma curieuse.

Sara. C'était le nom de la fille en question. Fille qui voulait que Pascal la rappelle sans faute ce soir, mais qui ne voulait laisser aucun message. Elle n'avait pas laissé son numéro non plus. Pascal devait donc l'avoir. Peut-être lui tournait-elle autour. Peut-être que c'est lui qui lui tournait autour et qu'il regretterait de ne pas être rentré plus tôt pour la rappeler. Qu'est-ce que ça pouvait bien me faire de toute manière?

Mes efforts pour assimiler la chimie ont été vains et Florence s'est tannée de perdre son temps.

— Écoute, Evelyne, on reprendra plus tard. Ça ne mène à rien. Il va falloir que tu te prennes en main, ma fille.

— Je sais…

Elle a refermé son livre et un petit sourire mielleux s'est dessiné sur son visage. Je savais par expérience qu'elle allait m'annoncer quelque chose.

— Je sors avec David demain soir.

— David ? Tu veux dire Turcotte ?

— Oui, avec David.

Elle l'avait toujours appelé Turcotte, comme tout le monde d'ailleurs. Il s'en est suivi une conversation à sens unique, dirigée par Florence, confortablement assise sur son nuage. J'écoutais mon amie avec attention. Ça m'a rappelé que la terre continuait de tourner pour les autres. Pendant que je m'apitoyais sur mon sort, j'oubliais un peu que ma copine vivait sa vie, elle aussi.

Pascal est rentré et je lui ai dit de rappeler madame Sara. Bien entendu, je ne l'ai pas dit ainsi. J'ai surveillé sa réaction, mais elle ne m'en a pas dit beaucoup plus que ce que je savais déjà. Le fait qu'il soit allé lui téléphoner dans sa chambre invitait aux conclusions. Après le départ de Florence, je suis allée me coucher. J'ai entendu des éclats de rire en passant devant la porte de la chambre de Pascal. J'ai eu du mal à dormir.

# 9

## La robe bleue

— **W**ow! Regarde celle-là. Elle t'irait tellement bien. Essaie-la tout de suite!

Florence m'a tendu une robe noire aux fines bretelles et au décolleté digne de Pamela Anderson.

— Tu ne penses pas vraiment que je vais mettre ça pour notre bal, Flo?

— Il faut oser un peu, Evelyne. Tu ne vas quand même pas y aller en pantalon.

Elle avait dit ça avec une pointe de sarcasme, faisant allusion au fait que je ne portais plus de robes, moi qui adorais les jupes et les robes d'été. Elle avait bien raison. La moitié de ma garde-robe faisait l'objet d'un boycott. J'essayais de demeurer le plus invisible possible. De la même façon, je laissais mes cheveux en cascade sans me donner la peine de les remonter. Je risquais moins de séduire qui que ce soit comme ça.

— Il faudrait aussi que je trouve un chemisier pour ce soir. J'aimerais porter quelque chose de nouveau pour ma sortie avec David. Mais, j'y pense, je pourrais t'emprunter la blouse en soie que tu as achetée l'hiver passé ? Tu ne la mets plus en ce moment.

Elle était probablement victime de boycott elle aussi.

— Tu peux la prendre, si ça te fait plaisir.
— Merci !

Elle m'a gratifié d'un gros bec bruyant sur la joue. Florence ne tenait pas en place. Cette soirée en tête-à-tête avec Turcotte lui donnait des ailes. Je n'arrivais pas à m'imaginer le cœur aussi léger. Dans une autre vie peut-être…

Finalement, c'est moi qui l'aie vue. Une robe bleue. Une superbe robe longue, satinée, d'un bleu profond, presque noir. J'ai eu envie de l'essayer. Juste pour voir. Comme lorsque je portais les robes de ma mère quand j'étais petite. Pour me sentir comme une princesse l'espace de quelques instants.

— Viens la mettre pendant que j'essaie celles-là !

Florence devait bien avoir une dizaine de robes dans les bras. Elles y sont toutes passées.

Des courtes, des longues, des sexy, des victo-
riennes, des vert tendre et des rouge passion.
Le moins que l'on puisse dire, c'est qu'aucune
tendance ne se dessinait. Elle a eu le temps
d'en essayer cinq, le temps que j'enfile la
mienne. Frappant chaque fois à la porte de
ma cabine pour que je puisse lui faire mes
commentaires.

— C'est donc bien long, ton affaire !

— C'est de ta faute, tu me déranges
toutes les dix secondes !

J'ai finalement ouvert la porte et elle s'est
tue. Ça se passait de tout commentaire. Je
crois que j'ai eu le souffle coupé, moi aussi.
L'image que me renvoyait le miroir me plaisait. Ça faisait terriblement longtemps que je
ne m'étais pas sentie aussi belle.

— Wow, Vivi ! Cette robe-là est vraiment
faite pour toi ! Pascal en perdrait sûrement ses
moyens.

Mon expression faciale a dû changer et
Flo a regretté son commentaire. Je lui avais
demandé d'arrêter ses allusions concernant
Pascal. Elle se rendit compte que c'était exactement ce que je cherchais à éviter : que quiconque « perde ses moyens » à cause de moi.

— Oublie ce que je viens de dire, Evelyne.
Mais sérieusement, tu devrais acheter cette
robe. Elle est parfaite !

— Notre bal est en juin seulement.

— Oui, mais tu pourrais la porter au mariage de ta cousine.

Ma cousine Sophie se mariait dans deux semaines. Ce serait une grosse noce. De celles avec une traîne de dix mètres et une réception à quinze services. Ça faisait des lunes que je n'étais pas allée à un mariage. La dernière fois, je devais avoir cinq ou six ans et j'avais passé la soirée à essayer de suivre les autres pendant les danses en ligne. Je n'avais pas particulièrement envie d'y aller. En fait, je l'avais pratiquement oublié, ce mariage. C'est Ben qui me l'avait rappelé, la veille. Bien entendu, il serait accompagné de Geneviève, tandis que Jeanne serait présente en tant que marraine de la mariée. Pour ce qui est de mes parents, on oubliait ça, bien sûr. Benjamin m'avait subtilement demandé si ça me dérangeait que Pascal m'accompagne, pour ne pas qu'il s'ennuie, seul à la maison. Je savais bien que ça lui ferait surtout plaisir de passer la soirée avec son ami. Pour une raison que j'ignorais, il semblait croire que ça serait moins ennuyeux pour moi si j'étais accompagnée. C'est certain que j'appréciais la compagnie de Pascal, mais je ne voulais pas que mon frère se fasse d'idées. J'aurais bien aimé que tout le monde laisse ma vie sentimentale tranquille. Le pire, c'est que si j'avais montré le moindre intérêt romantique pour

Pascal, Ben aurait sûrement été le premier à être scandalisé et à me trouver beaucoup trop jeune.

À force d'insister, Flo a réussi à me convaincre.

— Tu pourras toujours la retourner au magasin si tu changes d'idée.

J'ai donc quitté la boutique avec, sous le bras, un sac contenant une robe bleue et une précieuse facture à conserver au cas où. Cette dernière s'est pourtant retrouvée dans la poubelle, tandis que je passais la robe par-dessus ma tête le jour du mariage de Sophie. J'ai bien dû toucher la poignée de ma porte de chambre une dizaine de fois, sans pour autant oser sortir. Je ne voulais surtout pas faire une entrée théâtrale. L'idée de descendre l'escalier sous les regards admiratifs m'horripilait. J'aurais préféré me rendre discrètement à la voiture.

— Evelyne! On va être en retard. Tu as besoin d'un coup de main?

Tante Jeanne, qui m'avait appelée à deux reprises, s'était finalement décidée à monter. Elle a frappé deux petits coups avant d'entrouvrir la porte.

— Tu es magnifique, Evelyne. Pourquoi prends-tu autant de temps? Tu es très belle comme ça. Je ne vois pas ce que tu pourrais faire de plus.

Elle m'a fait pivoter vers le miroir, comme si elle voulait que je constate par moi-même. Du bout des doigts, elle a replacé quelques petites mèches rebelles dans mon chignon et m'a souri en me disant que je ressemblais de plus en plus à ma mère. Je lui ai retourné son sourire. J'ai beau lui en vouloir, il reste que j'ai beaucoup d'admiration pour ma mère.

Nous sommes descendues au rez-de-chaussée, pressées par Benjamin qui nous traitait de « vraies poupounes » qui n'en finissaient plus de se pomponner.

— Ça m'a pris, en tout, quinze minutes en incluant la douche. Vous êtes incroyables, les filles !

Il s'est arrêté net en me voyant.

— Wow !

Il m'a fait tourner sur moi-même en me tenant la main. Pascal est arrivé sur ces entrefaites. Il n'a rien dit mais ses yeux, eux, parlaient pour lui. Son regard était admiratif, sans rien de vulgaire. Ça m'a fait un petit velours, mais je me suis sentie légèrement mal à l'aise.

Nous avons pris place dans la voiture. Benjamin et Jeanne devant, Pascal et moi derrière. Nous devions prendre Geneviève en chemin. Mon frère s'est montré galant et s'est levé pour lui ouvrir la portière. Elle a pris place à mes côtés. Heureusement que nous n'en avions pas pour longtemps ; nous étions assez tassés. J'étais au centre, coincée en sandwich. Je sentais le tissus du veston de Pascal contre mon épaule nue. Je n'osais pas bouger.

La cérémonie fut somme toute longue et pénible. Le prêtre n'en finissait plus de sermonner. Ce n'était pas ça qui risquait de faire augmenter la cote de popularité des églises. La salle où avait lieu la réception était magnifique. Comme prévu, le repas comprenait plusieurs services avec des plats tous plus raffinés les uns que les autres. Le serveur a rempli ma coupe de vin sans vérifier si j'en voulais. Je n'en buvais pas très souvent. Les occasions se faisaient rares. Ça s'arrêtait pas mal au temps des Fêtes. Et je pouvais difficilement faire la différence entre de la piquette et un vin à cent dollars la bouteille. Quoique, à en juger par l'allure grandiose de la soirée, je soupçonnais que l'on ne m'avait pas servi un vieux fond de baril.

Le souper fut des plus plaisants. Je ne me souvenais pas avoir autant ri depuis longtemps. Nous étions tous de bonne humeur et l'alcool a sûrement aidé un peu. Benjamin multipliait les petits gestes tendres envers Geneviève. Ça me faisait chaud au cœur de le voir aussi heureux. Nous avons aussi renoué avec des cousins et cousines que nous n'avions pas vus depuis longtemps. J'avais l'impression d'avoir les joues en feu. J'étais certaine que tout le monde pouvait le remarquer. Mais je me sentais bien. C'était ça l'important. J'étais en bonne compagnie, je m'amusais, j'étais détendue et j'aurais donné n'importe quoi pour que ce moment perdure. Pour ne plus m'en faire. Juste être bien. Sans penser.

J'ai senti le regard de Pascal sur moi. Parfois, je regrettais qu'on ne se soit pas rencontrés dans d'autres circonstances. C'était le cas ce soir-là. Cela aurait été me mentir à moi-même que de dire qu'il me laissait complètement indifférente. Pascal semblait tellement bien dans sa peau qu'on ne pouvait pas faire autrement que de se sentir bien avec lui. Il n'était pas prétentieux, non. Juste bien avec lui-même, c'est tout. J'ai eu envie de lui retourner son sourire. De plonger dans ses yeux noirs, l'espace d'un instant, et de tout oublier. J'ai pris une gorgée de vin pour faire descendre la petite boule qui s'installait dans ma gorge. Les organisateurs de la soirée nous ont gentiment demandé de quitter la salle, le temps qu'ils l'aménagent pour la soirée dansante. Ce n'est qu'en me levant que j'ai réellement ressenti l'effet de l'alcool. J'avais les jambes molles. J'espérais seulement que personne ne le remarque. Je me suis sauvée aux toilettes, en me concentrant sur chaque pas. Je craignais que mes jambes ne m'abandonnent en chemin et que je finisse étendue de tout mon long. Quelle humiliation ce serait ! Ma tante Denise m'a retenue un bon dix minutes devant la porte de la salle de bain, m'interrogeant sur mes études et mes projets. Je me suis forcée pour avoir l'air sympathique, mais j'aurais tout donné pour être ailleurs.

De retour dans la salle, j'ai cherché mes amis. Ben dansait avec Geneviève. Jeanne était là aussi, en train de danser avec le père de la mariée. J'ai fait demi-tour, pensant me sauver à l'extérieur. L'air frais m'aiderait à dégriser. Je suis tombée face à face avec Pascal.

— On danse ?

Nous étions déjà sur la piste de danse. Je l'avais suivi, sans vraiment réfléchir. Il y a une petite Evelyne qui dort au fond de moi, un peu moins sage que celle qui prend généralement le dessus. Elle se réveille rarement, mais lorsqu'elle le fait, elle prend toute la place. Pascal me faisait tourner dans tous les sens, au rythme de l'orchestre. J'avais l'impression de voler. Bien sûr, nous n'avions rien des couples de danseurs vus à la télé, mais nous faisions de notre mieux. Et surtout, nous nous amusions. Les yeux noirs de mon partenaire brillaient d'une lueur toute spéciale. J'aurais tant voulu que la musique ne s'arrête pas. J'aurais pu danser comme ça pendant des jours. Mais, mariage oblige, il faut penser aux amoureux. L'animateur a donc enchaîné avec un *slow*. Pascal a pris mes deux mains dans les siennes, sans pour autant se rapprocher de moi. Il me regardait dans les yeux comme s'il attendait ma permission. On aurait dit que ma gorge s'était soudainement rétrécie et que l'air ne pouvait plus passer. Je n'ai rien dit. Nous nous sommes retrouvés l'un contre l'autre, en train de danser tout doucement. J'ai fermé les yeux et je me suis abandonnée. J'ai baissé ma garde et je me suis imaginée, adolescente comme les autres, sans problème majeur, vivant pleinement sa jeunesse. Je me sentais légère. C'était la première fois que je me retrouvais aussi près de Pascal. Pourtant, je ne me sentais nullement nerveuse. Je me sentais bien. C'est tout.

Lorsque la musique s'est tue, les choses ont changé. Une fusée m'a projetée, tête première, dans un monde parallèle, dans le monde réel. Je me suis dégagée de Pascal, lentement, et je l'ai regardé avec l'air de quelqu'un qui vient de faire une grosse bêtise. Je me suis enfuie. Je l'ai laissé seul sur le plancher de danse et je suis sortie. Un froid de canard m'a transpercé les os. L'automne s'était définitivement installé. Ma veste était à l'intérieur et je grelottais dans ma robe à bretelles. Je me suis rendue jusqu'à un petit parc, de l'autre côté de la rue. J'ai marché quelques minutes, suivant le chemin sous les peupliers. Le vent agitait bruyamment les feuilles des arbres. Je me suis laissé choir sur un banc. J'avais envie d'être seule.

Les images se bousculaient dans ma tête. Tout était si compliqué. J'ai eu un haut-le-cœur. Je n'ai eu que le temps de me lever que je vomissais déjà près d'un arbre. «Ça t'apprendra à boire autant», ai-je pensé. Pourtant, il me semblait que je n'avais pas bu tant que ça. C'était peut-être le manque d'habitude… ou encore mon corps qui ressentait le besoin d'évacuer un trop-plein d'émotions.

— Pauvre chouette! Est-ce que ça va, Evelyne?

Je n'avais pas vu Jeanne s'approcher. Merde! Comme si j'avais besoin de ça. Elle m'a tendu des mouchoirs et m'a aidée à me rasseoir.

— Pauvre puce…

Tous les petits noms allaient y passer.

— Je t'ai vue sortir sans manteau et ça m'a intriguée. Qu'est-ce qui t'arrive?

— Ça m'a tout l'air que le vin ne me réussit pas.

— Tu n'en bois pas souvent. C'est normal. Est-ce que tu te sens mieux maintenant?

— Oui, ça va mieux.

C'était un peu vrai.

— Ne t'en fais pas avec ça. On passe tous par là, un jour ou l'autre.

— Tu ne diras rien à Ben et aux autres, hein?

— C'est notre petit secret. Tu sais, Ben est curieux, mais il n'a pas besoin de tout savoir.

Elle a passé ma veste autour de mes épaules. Jeanne était comme une mère; elle pensait à tout.

— Tu n'es pas enceinte au moins, Evelyne?

Elle avait hésité avant de me poser la question.

— Non, non, ne t'en fais pas avec ça. Si c'était le cas, j'aurais des nausées le matin, pas au beau milieu de la soirée.

— Tu sais, on appelle ça les nausées matinales, mais ça n'a de matinal que le nom. Ta mère vomissait toute la journée lorsqu'elle était enceinte de toi.

— Ne t'inquiète pas, Jeanne. Je ne suis pas enceinte.

Elle a semblé soulagée. Comme si tout était réglé. Je n'étais pas enceinte, donc tout allait bien. Aucune autre option n'avait été envisagée. Mais bon, ça faisait bien mon affaire. Je n'avais pas envie de m'avancer sur le chemin des confidences.

— On rentre?

— Je vais rester ici encore quelques minutes. Vas-y, je te rejoins.

— Tu sais, Evelyne, tu peux me parler si quelque chose ne va pas. N'oublie pas que je suis là.

J'ai hoché la tête et elle est repartie en direction de la fête. En rentrant à mon tour, quelques instants plus tard, je suis tombée sur Ben.

— Tu es là, Evelyne! On commençait à se demander où tu étais passée.

— Je suis sortie prendre l'air. J'ai un peu mal à la tête.

— Je vais au bar. Je te rapporte quelque chose?

— Un verre d'eau ne serait pas de refus.

Un peu à contrecœur, je me suis dirigée vers la table où étaient assis Pascal et Geneviève, tous les deux en grande conversation.

— Evelyne! Tu étais où? On te cherchait partout.

J'ai répondu à Geneviève exactement ce que je venais de dire à Benjamin.

— On était en train de parler de l'auberge, a enchaîné Geneviève. Tu crois qu'elle sera prête à temps pour le carnaval?

— Je ne sais pas. Je le souhaite vraiment ; Ben y travaille si fort !

Ce dernier a rappliqué avec mon verre d'eau et des bières pour les deux autres. La conversation s'est poursuivie sur le même sujet, mais moi, j'étais ailleurs. Très loin. Pascal ne m'a rien dit. Il ne m'a même pas regardée. Pas le moindre petit coup d'œil. Rien. *Nada*. Ça m'a rendue un peu triste. Comme si je venais de perdre un ami.

# 10

# Novembre

Je n'ai pratiquement pas vu Pascal au cours des deux semaines suivant le mariage de Sophie. Il était rarement là. Et lorsque c'était le cas, nous nous saluions poliment, mais sans plus. Un iceberg s'était installé entre nous deux. Il faut beaucoup de temps pour faire fondre un iceberg. Je crois que tante Jeanne s'était rendu compte de quelque chose ; elle cuisinait tous mes plats préférés dans un ultime effort pour me remonter le moral. Je ne leur faisais pas pour autant honneur. J'avais un appétit d'oiseau. Je prenais deux bouchées et je picorais dans mon assiette.

Ben, lui, ne remarquait rien. Il était complètement débordé avec les rénovations et le reste du temps, il était perdu dans les yeux de sa douce. Florence, elle aussi, vivait le grand amour. Elle passait tout son temps avec Turcotte… euh, je veux dire David, pardon. Je la croisais à peine entre les cours. Elle m'invitait pourtant à me joindre à eux… Comme si j'avais envie de jouer au chaperon !

J'avais donc beaucoup de temps et d'énergie négative à dépenser au volley-ball. L'équipe connaissait une de ses meilleures saisons. C'était mon unique activité sociale. Je passais le plus clair de mon temps seule. Le plus souvent à contempler les couleurs automnales lors de promenades qui s'éternisaient. J'aurais sûrement dû prendre ce temps-là pour étudier. En profiter pour rattraper mon retard, mais je n'y arrivais pas. Je n'avais aucune concentration.

Pour ce qui était de Philippe, je le voyais rarement. C'était le seul point positif dans ma vie. Roxanne, par contre, semblait voir en moi une nouvelle amie. Elle voulait que nous fassions nos travaux d'équipe ensemble et revenait constamment à la charge avec l'idée de sortir en couples. «En couples» sous-entendant qu'il y avait quelque chose entre Pascal et moi. Ce qui n'avait jamais été aussi loin de la vérité.

J'ai finalement ouvert les valves un soir. Je n'en pouvais plus. J'avais essayé autant que j'avais pu de comprendre mes exercices de chimie, mais à quoi bon. Je me sentais complètement idiote. J'avais même tenté de faire ma composition d'anglais, mais je n'arrivais pas à enchaîner deux phrases de suite. J'aurais probablement eu plus de succès si je l'avais écrite en espagnol. On aurait dit que toute ma vie s'écroulait. Mes notes étaient en chute libre, et le reste était à l'avenant. Je ne pouvais même plus compter sur Florence. Depuis que Turcotte était entré dans sa vie, j'avais été reléguée aux oubliettes. Elle sortait avec lui depuis un petit mois à peine. Je me sentais trahie! Quant à Ben, s'il avait été un peu moins dans sa bulle, il aurait peut-être remarqué ma détresse!

Sous peine d'imploser, j'ai ouvert les valves. J'ai pleuré toutes les larmes de mon corps, jusqu'à l'épuisement. C'est donc les yeux bouffis, assise devant mon livre de maths et une montagne de mouchoirs chiffonnés que Pascal m'a trouvée en arrivant. Je ne pensais pas que quelqu'un rentrerait si tôt. Jeanne était à son cours de taï chi et Benjamin et Geneviève étaient au cinéma. Pascal, lui, devait jouer au billard avec ce cher Phil. J'aurais voulu disparaître six pieds sous terre ou reculer le temps de cinq minutes afin de me sauver dans ma chambre.

Pascal a pris quelques secondes pour analyser le tableau qui s'offrait à lui. Puis, il est reparti, sans un mot. J'aurais probablement fait la même chose à sa place. Il est pourtant réapparu, mon manteau sur le bras.

— Viens, on va aller prendre l'air.

J'ai accepté la main qu'il me tendait et je l'ai suivi à l'extérieur. Nous avons marché plusieurs minutes sans parler. La soirée était calme. Le froid confinait les gens à l'intérieur. Je n'osais pas rompre le silence. Qu'est-ce que j'aurais pu dire ? Il me semblait pourtant que je lui devais des explications, que c'était à moi de dire quelque chose.

— Je ne m'attendais pas à ce que tu rentres si tôt.

— Moi non plus, mais Philippe voulait passer voir Roxanne pour essayer de réparer les pots cassés.

Ce n'était pas tout rose entre Roxanne et Philippe. Je l'avais appris un peu plus tôt dans la semaine, lors d'une conversation entre Pascal et Benjamin. Comme d'habitude, je jouais nonchalamment dans mon assiette, en évitant tout contact visuel avec qui que ce soit.

— Tu as parlé avec Phil dernièrement ?

La question de Benjamin s'adressait à Pascal.

— Ça fait un petit bout de temps que je ne l'ai pas vu. Pourquoi ?

— Je le trouve un peu bizarre ces temps-ci. J'ai l'impression que quelque chose le préoccupe.

Ma fourchette avait accidentellement propulsé quelques petits pois hors de mon assiette.

— Je n'ai rien remarqué de spécial. Il t'a parlé de quelque chose?

— Non, justement. J'ai tâté le terrain, mais il dit que tout va bien. Je ne voulais pas trop insister non plus.

— Bah… Ça ne m'inquiète pas trop. C'est peut-être à cause de l'automne. Ce n'est pas une saison particulièrement joyeuse.

— Je pense qu'il y a plus que ça. Il n'est pas déprimé. C'est autre chose. Tu as manqué ça samedi, à la fête chez Fred. Il s'est disputé avec Roxanne.

À ces mots, j'avais bien failli m'étouffer avec un morceau de steak.

— Philippe buvait beaucoup et Roxanne lui a rappelé qu'il conduisait. Ça l'a mis hors de lui. C'était la première fois que je voyais Philippe aussi agressif. Il lui a crié un paquet de bêtises, puis il a calé le reste de son verre pour la provoquer. Roxanne l'a traité d'imbécile et comme elle s'en allait, il l'a attrapée par le bras. Il la tenait vraiment fort et il s'est mis à la secouer, en la traitant de tous les noms. J'ai dû intervenir pour qu'il la laisse tranquille. J'ai reconduit Roxanne chez elle et je suis retourné chercher Philippe. Il était complètement fini. Il a même fallu que Fred m'aide à le faire monter dans l'auto !

Pascal avait écouté ce récit avec les yeux ronds. On lui parlait d'un étranger, pas de son grand ami Phil ! Moi, j'ai tout fait pour demeurer de glace et ne rien laisser paraître. À l'intérieur, pourtant, c'était l'orage. Pascal avait finalement conclu la conversation en disant qu'il allait essayer de parler à Philippe. C'était d'ailleurs la raison véritable de cette partie de billard qui avait eu lieu ce soir, juste avant qu'il ne me trouve devant ma boîte de mouchoirs. Les amours de Philippe étaient le dernier de mes soucis, mais tout ce qu'il pouvait raconter m'intéressait. Ça m'inquiétait que Benjamin et Pascal se mettent à l'analyser. S'il fallait qu'ils découvrent quoi que ce soit…

J'ai donc regardé Pascal du coin de l'œil. J'aurais tout donné pour avoir la certitude qu'il ne se doutait de rien. Nous avons continué de braver le froid, en silence, jusqu'à ce que je prenne un ton que je voulais détendu pour demander :

— Tu crois que ça va s'arranger entre Philippe et Roxanne ?

Mon petit air innocent ne me semblait pas du tout convaincant.

— Pas sûr ! Il semble déterminé à la reconquérir, mais je ne suis pas convaincu qu'il maintiendra les efforts à long terme. Je pense que ton frère a raison : il y a quelque chose qui cloche chez Phil. Il est vraiment sur la défensive. Est-ce que tu connais bien Roxanne ?

— Pas vraiment. On a quelques cours ensemble, mais on commence à peine à se parler. Je ne peux pas t'aider de ce côté. Tu penses que ça a un lien avec elle ?

J'ai immédiatement regretté ma question.

— Je n'en ai pas l'impression. D'après moi, quelque chose le tracasse et ça se répercute sur elle. Mais je ne sais pas quoi.

Nous avancions sur un terrain miné. Il fallait faire demi-tour, au plus vite.

— Ce n'est probablement pas grand-chose. Ben se tracasse toujours pour rien.

— Tu as peut-être raison. Il devrait sans doute arrêter de chercher des poux à Phil et s'occuper un peu plus de sa petite sœur.

Ce terrain-là aussi était miné... mais inévitable.

— Ne t'en fais pas pour moi, Pascal. Je suis juste fatiguée ces temps-ci. C'est tout. J'aimerais d'ailleurs que tu évites d'en parler à Ben. Il est déjà bien assez sur mon dos.

— Ne t'inquiète pas pour ça, Evelyne. Je t'ai déjà dit que tu pouvais me faire confiance. Je ne dirai rien à ton frère.

Il a ajouté :

— Tu peux m'en parler, si tu veux…

J'ai secoué la tête.

— C'est une mauvaise période pour moi. Il n'y a rien à dire de plus. C'est pire maintenant avec mes examens qui approchent. Ça va aller mieux dans quelques semaines.

J'essayais désespérément de me convaincre moi-même.

— Tu as de la difficulté avec tes cours ?

— C'est peu dire. C'est la catastrophe ! Je n'ai jamais eu d'aussi mauvaises notes. Mes parents vont bien sauter dans le premier avion lorsqu'ils verront mon bulletin.

— Tu veux que je t'aide ?

— C'est gentil, mais Florence a déjà essayé. Je l'ai complètement découragée.

— Un beau défi pour moi. Je dois m'habituer afin d'être capable d'enseigner aux élèves, même les plus difficiles.

Il avait dit ça à la blague. Pascal étudiait dans le but d'enseigner les sciences au secondaire. À mon avis, c'était du suicide. Qui voudrait passer ses journées à discipliner une bande d'ados totalement dominés par leurs hormones ?

— Je n'arrive toujours pas à croire que tu puisses vouloir enseigner au secondaire. Il y a sûrement des moyens beaucoup plus doux pour mourir.

Il a ri.

— Il faut savoir comment prendre les étudiants. Tu as sûrement quelques profs qui y arrivent bien.

J'ai pensé à mon prof de biologie. Il a réussi, je ne sais comment, à gagner la confiance des élèves. Tout comme lui, Pascal saurait sûrement se faire aimer.

— Tu veux que je t'aide ? m'a-t-il redemandé.

J'ai haussé les épaules.

— On peut toujours essayer… si tu n'as rien de mieux à faire.

Pascal m'a donc donné un coup de main avec mes cours. En fait, c'est lui qui m'a sauvée de l'échec. Ce n'est pas que Florence n'était pas bonne pédagogue ; c'est plutôt qu'avec lui, j'avais une stimulation additionnelle. Un besoin de me montrer intelligente, peut-être ? L'important, c'est que j'ai réussi à faire remonter mes notes, et mon moral du même coup.

La première neige aussi a été salvatrice. En brillant sous le soleil, elle rendait les journées moins tristes. Mes éternelles promenades se sont maintenues malgré l'arrivée de la saison froide. Pascal m'accompagnait souvent. On pouvait dire que l'iceberg avait fondu malgré la température qui s'abaissait de jour en jour. Nous pouvions passer de longs moments, silencieux, à n'écouter que le bruit de la neige qui crissait sous nos pas. Parfois, nous parlions beaucoup. De tout et de rien. De nos choix de carrière, de sa vie à Vancouver, du coup de tête de mes parents.

Parlant d'eux, ils revenaient pour Noël. Comme promis. Ma mère avait appelé la veille. Elle avait beau adorer sa nouvelle vie, je crois qu'elle s'ennuyait de nous. Ils arriveraient dans trois semaines, juste à temps pour le réveillon. Je dois avouer que j'avais très hâte de les revoir. Ça faisait plusieurs années que je n'avais pas attendu Noël avec autant d'impatience. Benjamin semblait aussi fébrile que moi. Il redoublait d'ardeur pour que la maison de mes grands-parents ressemble à une carte de Noël. Il ressentait le besoin de prouver quelque chose à notre père puisque, contrairement à son conseil, il avait décidé de ne pas aller à l'université. Il avait aussi l'impression que nos parents lui avaient confié fille et maison. Tout devait avoir l'air parfaitement fonctionnel à leur retour. J'essayais de l'aider du mieux que je pouvais et je ferais un effort suprême pour me comporter comme une adolescente tout ce qu'il y a de plus normale pendant leur séjour.

# 11

# Le flocon
# de neige

— C'est fini, Evelyne…

Florence m'avait annoncé la nouvelle au téléphone. Son histoire d'amour venait de se terminer, aussi soudainement qu'elle avait débuté. C'était la surprise totale. Ils ne s'étaient pas disputés, non. La flamme était morte. C'est tout. Ils avaient tous les deux réalisé qu'ils n'avaient pas grand-chose en commun. Au moins, ils comptaient demeurer en bons termes. Le reste de l'année scolaire aurait été pénible s'ils s'étaient déclaré la guerre. Ce ne serait pas le cas. David redevenait tout simplement Turcotte. Voilà tout.

Florence était donc redevenue ma Florence, et elle avouait d'ailleurs m'avoir négligée ces dernières semaines. Le moins qu'on puisse dire, c'est qu'elle rattrapait le temps perdu. Elle ne me lâchait plus.

— Tu t'en vas au pôle Nord, ma sœur ?

Je finissais de remonter mes pantalons de ski et m'apprêtais à enfiler mes bottes d'astronaute.

— Je m'en vais glisser avec Flo, tu veux venir ?

Je ne croyais pas vraiment que Benjamin serait intéressé.

— Donne-moi deux minutes et j'arrive !

Il était déjà reparti au salon.

— Pascal ! Habille-toi chaudement. On s'en va glisser avec les filles. J'ai besoin de renfort. Evelyne, prépare-toi pour la plus importante bataille de boules de neige de l'histoire. Ça va barder !

Parfois, j'adore Benjamin !

Ça fourmillait sur la colline. La température clémente avait réveillé l'enfant qui sommeillait chez les plus grands. On apercevait à peine les yeux des plus petits, emmitouflés de tuques et de foulards. Florence s'est élancée à l'assaut de la colline, sans nous attendre. Je savais trop bien que son excès d'énergie servait à cacher sa tristesse. Elle avait beau essayer de me faire croire que sa rupture avec David la laissait indifférente, j'en doutais. Elle s'était blessée en tombant de son nuage et surtout, David était le premier gars avec qui elle avait accepté de faire l'amour. Elle ne s'attendait pas à passer toute sa vie avec lui, mais elle avait tout de même cru que leur bout de chemin ensemble serait plus long. Ça me chagrinait pour mon amie, même si j'étais égoïstement contente de la ravoir pour moi toute seule.

J'ai couru la rejoindre et nous sommes descendues, côte à côte, tête première. Nous criions plus fort que tous les enfants autour. Une cure de défoulement. J'arrivais à peine en bas que je recevais une balle de neige. Je savais très bien que ce n'était pas de Florence. Benjamin m'avait rattrapée. J'ai tenté de lui rendre la pareille, mais il remontait déjà, visiblement fier de son coup.

— Benjamin St-Arnaud! Tu ne t'en tireras pas comme ça!

J'ai couru derrière lui. Une fois en haut, je l'ai défié d'arriver en bas le premier. Il est sorti de piste à mi-chemin. À trop vouloir faire leurs acrobaties, Pascal et lui se sont payés une collision. C'était à mon tour de me moquer de Benjamin.

L'heure avançait et nous nous sommes retrouvés seuls tous les quatre. Nous avons d'abord fait une descente tous ensemble, avant de courser deux par deux. Je mettrais ma main au feu que Florence a fait exprès de se jumeler avec mon frère pour me laisser avec Pascal. Maintenant qu'elle était libre de nouveau, elle prenait plaisir à jouer au Cupidon. Mais bon, c'est Florence ! Je ne la changerais pas. Ben est encore une fois sorti de piste, entraînant avec lui sa partenaire. Pour ce qui est de Pascal et moi, nous sommes descendus comme une flèche, pour finalement atterrir, tête première, dans la neige folle.

J'ai eu toutes les peines du monde à me redresser avec mon énorme manteau. Ma tuque s'était sauvée et mon foulard semblait vouloir faire la même chose. La descente avait été tout aussi mouvementée pour mon compagnon de voyage. Je pouvais à peine distinguer les traits de son visage tant il était recouvert de neige. Je riais de bon cœur, tandis qu'il dégageait ses yeux avec son unique mitaine.

C'est à ce moment-là que c'est arrivé. Il a approché son visage du mien et m'a embrassée. Lentement, doucement. Nos lèvres se sont à peine touchées. C'était comme un flocon. Oui, un petit flocon de neige qui se serait tranquillement posé sur mes lèvres. Nous nous sommes fixés un petit moment. Le temps s'était arrêté. Mon cœur aussi s'est arrêté lorsque Pascal s'est décidé à parler :

— Je crois que je suis en train de tomber amoureux de toi, Evelyne St-Arnaud.

116

Il l'a dit en me regardant droit dans les yeux. Une confidence sans aucune gêne. Puis, il s'est relevé et est remonté à l'assaut du sommet. J'étais incapable de le suivre. J'étais paralysée. Je suis demeurée figée quelques secondes avant de me laisser retomber dans la neige. Le ciel n'était pas encore complètement obscur, mais la lune se montrait déjà le bout du nez. De gros flocons tombaient lentement. Je les ai longuement regardés valser, en fermant les yeux lorsqu'ils se posaient sur mon visage. Il ne fallait pas penser. Juste m'abandonner. Savourer cette parcelle de bonheur qui venait de se poser sur mes lèvres. Laisser les frissons parcourir mon corps en me rappelant les douces paroles que Pascal venait de souffler à mon oreille.

Je n'ai rien dit à Florence lorsqu'elle s'est allongée dans la neige, à côté de moi. Pour ne pas rompre le charme. Pour maintenir cette impression d'irréel. Les deux gars n'ont pas tardé à nous rejoindre et nous nous sommes décidés à rentrer. Mes amis ont pris un peu d'avance. Je ne voulais pas me relever. J'avais envie de demeurer étendue dans la neige, jusqu'à ce qu'elle me recouvre tout entière.

# 12

# Dans le meilleur des mondes

Florence nous a quittés devant chez elle. Elle avait planifié de passer la soirée avec sa mère. Mireille aussi venait de rejoindre le clan des célibataires.

— On va se louer des films de filles et passer nos frustrations. Tu veux venir ?

J'ai souri en les imaginant en pyjama de flanelle, toutes les deux affaissées devant le téléviseur.

— Je crois que je vais rentrer et relaxer à la maison. Profite de ta soirée en tête à tête avec ta mère. Ça vous fera du bien de vous retrouver.

C'était une mauvaise excuse. Pour la première fois depuis des mois, j'avais retrouvé un peu de confiance en la gent masculine. Je ne voulais pour rien au monde perdre ça. Je me sentais le cœur si léger. Plus léger que toute cette neige qui n'en finissait plus de tomber.

J'ai rejoint les gars en courant, attaquant par-derrière Benjamin, qui s'est retrouvé le visage plein de neige. Le moins qu'on puisse dire, c'est que je l'ai eu par surprise. Il m'a vite rattrapée et m'a renversée dans un banc de neige.

— Tu n'es pas à la hauteur, ma chère sœur !

Il a ramassé sa tuque et s'est dirigé vers la voiture en riant.

— Je vais chercher Geneviève. Je reviens tout de suite.

Pascal m'a aidée à me relever. D'un geste hésitant, il a essuyé mon visage du revers de la main. Je l'ai trouvé beau avec ses épais sourcils couverts de petits flocons. J'ai cru qu'il allait m'embrasser à nouveau, mais il ne l'a pas fait. Il s'est contenté de prendre mes mains dans les siennes, comme s'il voulait les réchauffer. Nous avions l'air de deux enfants malhabiles ne sachant pas trop comment s'y prendre.

— Viens…

Il m'a entraînée dans la maison. Nous avons rapidement retiré nos pelures trempées, heureux d'être enfin bien au chaud à l'intérieur. Maintenant que le soleil s'était caché, la température dégringolait. Jeanne nous a accueillis avec des chocolats chauds. Je n'aurais rien souhaité d'autre. Je me suis assise sur le tapis du salon, le dos contre le divan, et j'ai longuement humé l'odeur de cacao fumant. Il faut savoir savourer les petits plaisirs de la vie, comme le dit si bien ma mère. Pascal s'est assis à côté de moi. Son épaule touchait la mienne. Il avait le souffle court, lui aussi. Il a déposé sa tasse et a pris l'une de mes mains dans la sienne. Il l'a regardée quelques instants avant de la porter doucement à ses lèvres. J'avais envie qu'il m'embrasse… même si ça me faisait peur. Mais je ne voulais pas penser. Pas maintenant. J'aurais bien le temps de me tracasser plus tard. Du bout des doigts, j'ai dessiné des petits cercles sur la paume de sa main. C'était doux lorsque nous nous sommes embrassés.

Après le souper, nous avons décidé de regarder un film que Benjamin et Geneviève avaient loué. Je ne savais pas trop comment me comporter. Est-ce que je devais m'asseoir près de Pascal ? J'imagine que le baiser que nous avions échangé plus tôt signifiait quelque chose, non ? Mais peut-être pas… Je suis retournée à la cuisine pour aller chercher le maïs soufflé. J'ai bien failli ne jamais revenir.

J'ai finalement décidé de prendre place sur le divan où se trouvait Pascal, mais j'ai gardé une certaine distance. Je n'allais quand même pas me blottir dans ses bras !

Je n'ai rien compris au début du film. Toute mon attention était ailleurs. J'analysais tout ce que je faisais : ma posture, ma façon de manger le maïs soufflé… Ce qui est assez ironique puisque j'espérais être la plus naturelle du monde. Mon cœur s'est mis à battre comme celui d'un oiseau lorsque Pascal a posé sa main sur la mienne. J'ai hésité quelques secondes, et j'ai finalement glissé mes doigts dans les siens. Il m'a souri. J'ai reconnu la petite lueur dans ses yeux : la même que lorsque nous avions dansé ensemble au mariage de Sophie. Une tendre chaleur a envahi chaque parcelle de mon corps.

Et puis, ce qui devait arriver arriva. Geneviève, la première, a remarqué nos doigts enlacés. Elle a fait un signe discret à Ben qui lui, le fut beaucoup moins. Il s'est étouffé avec sa gorgée de Pepsi. Il a même dû courir à la salle de bain tandis que la boisson gazeuse lui montait au nez. Tout le monde riait de lui. Nous en avons profité pour faire une pause. Jeanne et Geneviève se sont subtilement éclipsées de la pièce, nous laissant seuls, Pascal et moi. Lui, riait toujours. Moi, je devais avoir les pommettes aussi rouges que son chandail. Il m'a attirée vers lui et m'a serrée très fort dans ses bras. J'y suis demeurée pour le reste du film. J'y étais tellement bien. Lorsque j'ai osé regarder vers mon frère, il m'a fait un clin d'œil. Un petit signe d'approbation, en quelque sorte.

Il m'a bel et bien donné sa bénédiction, un peu plus tard, ce soir-là. Tandis que tous avaient gagné leur lit et que j'étais descendue à la cuisine pour boire un verre d'eau, il est venu me rejoindre.

— Ouais ! Elle est bien bonne, celle-là ! Ma sœur et mon meilleur ami !

Encore une fois, j'ai rougi jusqu'aux oreilles. Ça me faisait tout drôle d'entendre ces paroles de la bouche de Benjamin. Ça rendait les faits plus réels. « Ma sœur et mon meilleur ami ! » Est-ce vraiment ce qui était en train de se passer ? Est-ce qu'on « sortait ensemble », comme ils disent à l'école ? Sur quoi se base-t-on pour définir une relation ? Où trace-t-on la ligne entre l'amitié et l'amour ?

Benjamin s'est appliqué à chasser mon malaise.

— Je te taquine mais, sérieusement, je suis content. Pascal est vraiment quelqu'un de bien, tu sais.

— Ce n'est pas étonnant que tu dises ça ; c'est ton meilleur ami !

— Ce n'est pas parce que c'est mon grand copain que je lui confierais nécessairement ma petite sœur. Prends Philippe, par exemple, c'est mon ami d'enfance et je l'adore. Mais je ne te dirais pas la même chose à son sujet. C'est un bon gars, mais il est un peu plus… impulsif. Il est un peu moins stable que Pascal sur tous les plans. Je ne l'apprécie pas moins pour autant, mais disons que je garderais un œil ouvert s'il tournait autour de ma blonde… ou de ma sœur.

Évidemment, je n'ai fait aucun commentaire.

— Tout ce que je voulais dire, c'est que tu peux faire confiance à Pascal. S'il y a quelqu'un qui est intègre et digne de confiance dans mon entourage, c'est bien lui.

Lorsqu'il est retourné se coucher, je suis restée un moment seule dans la cuisine à siroter mon eau, comme s'il s'agissait d'un grand cru. J'avais envie de rire, de chanter et de danser. Tout allait tellement bien. Tout allait tellement mieux. J'ai pensé à l'histoire de Candide et de Cunégonde de Voltaire, que j'avais dû lire pour mon cours de français. «Tout est pour le mieux dans le meilleur des mondes possibles», comme disait le sage Pangloss.

# 13

# Les fantômes

Ça devait bien faire une demi-heure que je me dandinais d'un pied sur l'autre devant les portes automatiques. Portes qui s'entrouvraient de temps à autre pour laisser passer quelques voyageurs, généralement précédés d'une montagne de valises. Je n'aimais pas l'aéroport Trudeau. Il nous obligeait à faire le pied de grue indéfiniment. J'aurais préféré que mes parents arrivent à Mirabel, où une grande vitre nous aurait permis de suivre les étapes du retour, du kiosque de l'immigration jusqu'à la récupération des valises. Je détestais attendre. Comment se faisait-il que ce soit aussi long ? Il me semblait qu'on avait annoncé l'arrivée de leur avion il y avait un bon moment déjà. Ils étaient probablement en train d'aider un pauvre petit touriste qui ne parlait pas notre langue. À moins que leurs bagages n'aient été perdus?

Les portes se sont ouvertes sur la tête orange de ma mère. C'est vrai que je lui ressemblais de plus en plus. Hormis le fait qu'elle gardait ses cheveux courts.

— Maman!

Nous nous sommes jetées dans les bras l'une de l'autre en pleurant comme des Madeleine. Nous séparant quelques secondes pour nous regarder, entrecoupant nos embrassades de phrases incohérentes. Pendant ce temps-là, Benjamin et mon père se tapaient mutuellement dans le dos, comme seuls les hommes savent si bien le faire. Sûrement tout aussi contents de se revoir, mais un peu moins démonstratifs.

— Bonjour, ma puce, m'a dit ce dernier en m'embrassant sur le front et en me serrant dans ses bras.

Je détestais lorsqu'il me donnait des petits surnoms affectueux, mais dans ce contexte, il était tout pardonné.

Un peu remis de nos émotions, nous nous sommes dirigés vers le stationnement, chacun sa part de valises au bout des bras.

— Puis, les travaux, ça avance? La maison de mon enfance ne se porte pas trop mal?

— La maison est en pleine forme, papa. C'est plutôt avec ta fille que j'ai perdu le contrôle.

Visiblement, Benjamin était impatient d'annoncer la nouvelle.

— Ah oui, comment ça?

Mon père m'a jeté un coup d'œil scrutateur quand Ben s'est mis à chanter le refrain d'une vieille chanson de Martine St-Clair, « Y a de l'amour dans l'aiiiiir... »

— Ah oui? Quelqu'un qu'on connaît? a demandé ma mère, impatiente de savoir.

Mon frère ne m'a pas laissé le temps de répondre.

— Très bien à part ça!

Je lui ai flanqué un coup de coude.

— C'est Pascal, l'heureux élu.

— Pascal Courchesne?

— Positif.

Mes parents ont semblé un peu surpris, mais contents. Mon père a dit à la blague qu'il devrait avoir une bonne conversation avec «le jeune homme». Pour ma part, je devais être plus rouge qu'un homard, mais au moins, les cartes étaient sur la table. Tout le monde savait maintenant. C'était dit. Voilà! Le reste de la journée m'a semblé irréel. Jeanne et ma mère cuisinaient de bons petits plats qui parfumaient toute la maison, mon père me faisait danser sur ses vieux disques de Noël, tandis que Benjamin et Pascal faisaient les clowns en imitant la grosse voix rauque de Bing Crosby. Nous étions tous envahis par l'esprit des Fêtes. La magie de Noël était dans l'air. Cette atmosphère s'est maintenue pendant plusieurs jours au cours desquels le bonheur d'être tous ensemble a primé sur tout le reste.

Ces dernières semaines, j'avais tout fait pour oublier, pour ne pas penser. C'était ma façon à moi de m'en sortir. Mais une petite voix que je ne voulais pas entendre me rabâchait que certains problèmes n'étaient qu'en dormance. Ma relation avec Pascal, aussi saine était-elle, risquait malheureusement de les mettre à jour. J'avais l'impression de ne pas lui donner ce à quoi il avait droit. Il méritait toute ma franchise, toute ma confiance. Étrangement, plus nous nous rapprochions, moins je me sentais encline à lui parler de mon secret. Je craignais de tout gâcher. Je préférais vivre quelque temps dans l'illusion plutôt que de tout perdre maintenant. Avec un peu de chance, j'arriverais peut-être à enfouir mon secret. C'était sûrement la meilleure façon d'oublier aussi. Cette complicité avec ceux que j'aimais ne m'en avait que convaincue davantage. Je prouverais bien à Florence que j'avais raison ; elle était convaincue que tôt ou tard cette histoire me rattraperait. «Tu ne pourras jamais cacher quelque chose d'aussi gros pour toujours, Evelyne. Ça va finir par éclater!»

— Pas si tu n'en parles pas!

— Tu sais que je ne dirai rien. Je n'aurai même pas besoin de le faire. Tu vas te trahir toi-même!

Je l'ai regardée, sceptique.

— Mais oui! Je vais sûrement laisser échapper ça par erreur dans une conversation banale!

— Pas avec des mots. Mais tes réactions te feront mentir. Tu as changé, Vivi. Tu n'es plus la même qu'avant. C'est évident pour moi et ça va sûrement le devenir pour les autres.

— Je n'ai pas changé tant que ça. Je vais bien. Les dernières semaines ont été les plus heureuses que j'ai vécues depuis longtemps. La tendance se maintiendra peut-être si tu arrêtes de me rappeler mes malheurs!

Elle m'a couvert de son regard maternel. Celui que je déteste. Celui qui laisse croire qu'elle sait mieux que quiconque ce qui est bon pour moi. Ça ne servait à rien d'insister. Je le savais par expérience. Je demeurais tout de même convaincue qu'elle avait tort, n'était-ce que par besoin d'y croire.

Mais cette chère Florence voulait toujours avoir le dernier mot.

— Sincèrement, Evelyne, penses-tu pouvoir cacher tout ça à Pascal très longtemps ?

Je connaissais assez mon amie pour savoir qu'elle faisait allusion à l'aspect intime de ma relation avec Pascal. La vérité, c'est que ça me tracassait aussi, même si je ne lui aurais pas avoué.

Depuis le retour de mes parents, Pascal et moi n'avions pratiquement pas eu la chance de nous retrouver seuls tous les deux. Pourtant, j'en avais très envie ! Mais d'un autre côté, j'appréhendais cette occasion. Bien sûr, je passais de longs moments au creux de ses bras et nous nous embrassions souvent, mais les circonstances ne nous avaient pas donné l'occasion d'aller plus loin. Ça ne risquait pas de changer de sitôt puisque Pascal partait pour Vancouver le lendemain. Dix jours séparés ! Une éternité !

Il préparait ses bagages dans sa chambre lorsque j'ai passé la tête dans l'entrebâillement de la porte.

— Tu vas me manquer.

Il a levé la tête, s'apercevant tout juste de ma présence. Il a feint la surprise.

— Ah oui ?

— … Un peu quand même. Ce ne sera pas facile de faire moi-même mon déjeuner chaque matin. Adieu crêpes et omelettes. Bonjour céréales et beurre d'arachides !

— Pff! Parce que c'est tout ce que je représente à vos yeux, mademoiselle Evelyne?

— Vous ne vous attendiez pas à ce que je vous confie mon cœur aussi facilement, tout de même!

Je le regardais droit dans les yeux.

— Je saurai bien vous convaincre que votre cœur n'a rien à craindre. Mais d'ici là, vous pouvez être certaine de posséder entièrement le mien.

— Ah oui?

Il a abandonné son rôle de chevalier servant pour devenir plus sérieux.

— Tu vas me manquer aussi, Ève. Même que je pensais t'emmener clandestinement avec moi. Il doit bien me rester un peu de place, quelque part, entre un chandail et un pantalon.

Joignant le geste à la parole, il m'a entraînée sur le lit, essayant de peine et de misère de me faire entrer dans son sac de voyage.

— Tu es complètement fou! lui ai-je lancé au milieu de mon fou rire.

Il m'a répondu par un baiser. Un baiser tendre, mais combien passionné. Et, une chose en entraînant une autre, il s'est allongé sur moi. Et tandis que nos corps se cherchaient mutuellement et que le désir grandissait, un fantôme est apparu. Je ne sais pas ce qui l'a

attiré ; une caresse, une parole, un frisson ?
Il s'est mis à planer au-dessus du lit, prenant
de plus en plus de place. Des souvenirs péni-
bles se succédaient sous forme d'images,
d'émotions… me paralysant complètement.
Les douces caresses de Pascal ont ralenti et
se sont finalement arrêtées.

— Evelyne…?

Ses yeux perplexes ont cherché les miens,
perdus dans le passé.

— Tu as vraiment l'air loin d'ici…

Je l'ai regardé, comme si je l'apercevais
pour la première fois. J'ai ressenti un profond
vertige. Un malaise semblable à celui que
j'avais éprouvé le soir du mariage de Sophie.
Je l'ai repoussé avec une telle énergie qu'on
aurait pu croire que c'était Philippe qui était
sur moi.

Pascal m'a retenue par le bras tandis que
je m'apprêtais à me lever du lit.

— Attends…

— Laisse tomber, Pascal ! Je suis désolée.
Oublie ça. Oublie tout. Oublie-nous. Ne
cherche pas à comprendre. C'est trop compliqué. Ça ne pourra jamais marcher. Tu
entends ? Ce n'est pas possible.

— Mais de quoi tu parles ?

Il avait l'air complètement abasourdi.

— Tu n'as pas besoin de quelqu'un de
compliqué comme moi dans ta vie.

Je ne lui ai pas laissé le temps de répondre. Je me suis sauvée. J'ai presque déboulé les marche. J'ai mis mes bottes et agrippé mon manteau, avant de m'élancer dehors. Il n'a pas essayé de me retenir. J'ai couru quelques minutes et j'ai attrapé de justesse l'autobus conduisant sur la rue St-Jean.

# 14

# Evelyne-
# la-fugitive

**P**ar chance, le petit café où travaillait
Florence était vide. Elle s'est donc assise avec
moi. Elle avait un drôle d'air avec les cheveux
emprisonnés dans une résille.

— Qu'est-ce qui se passe ?

— Je crois que j'ai tout gâché.

— Avec Pascal ?

J'ai hoché la tête.

— Ce serait arrivé tôt ou tard. Je me suis
inventé des histoires, Flo. Ça ne pourra jamais
marcher avec Pascal… ni avec personne
d'autre d'ailleurs.

Ma copine s'est frotté le front comme elle
le fait toujours lorsqu'elle ne sait pas quoi
dire.

— Je me suis enfuie sans aucune explication. Il doit me prendre pour une vraie folle !

Un tendre sourire, un tantinet moqueur, s'est dessiné sur ses lèvres.

— Folle ? Je ne crois pas. Un peu compliquée… peut-être.

J'ai poussé un long soupir de découragement.

— Je ne sais pas quoi faire, Flo…

— Pourquoi tu ne vas pas voir la Courville ?

« La Courville », c'est France Courville : la psychologue de l'école. Florence ramène son nom dans la conversation au moins une fois par semaine. Ça, c'est sans compter tous les livres et les articles traitant d'agressions sexuelles qu'elle s'acharne à me mettre sous le nez depuis cet été.

— Je suis certaine qu'elle pourrait t'aider, Evelyne. En plus, elle est vraiment gentille.

Elle s'est aussitôt mordu la lèvre inférieure, me confirmant qu'elle en avait trop dit.

— Comment tu sais ça ?

— Je voulais t'en parler, Evelyne… je te jure.

— Tu voulais me parler de quoi ?

— … Je suis allée la voir.

— Quand ça ?

— Ça fait à peu près un mois.

— Tu as parlé de moi à France Courville !

J'avais presque crié. Heureusement que nous étions seules.

— Je me sentais tellement impuissante ! Je voulais savoir quoi faire pour t'aider. De toute façon, elle n'en parlera pas. Elle n'a pas le droit.

— Tu m'avais juré que tu n'en parlerais à personne, Florence ! Je te faisais confiance !

— C'est la seule à qui je l'ai dit. Je te jure ! Et ça ne compte pas vraiment ; elle ne te connaît pas. J'avais besoin de conseils. Il fallait que j'en parle à quelqu'un...

Un homme est entré et Florence a rejoint sa machine à expresso et ses gâteaux, derrière le comptoir. Je suis demeurée assise, perdue dans mes réflexions, le temps qu'elle prépare le sandwich jambon-fromage de son client. Je n'avais pas réalisé qu'en me confiant à Florence, j'avais transféré le poids de mon secret sur ses épaules.

Je lui ai fait un léger signe de la main en me dirigeant vers la sortie. Une lueur de regret assombrissait ses grands yeux. Je ne lui en voulais pas, pourtant. Et elle le savait. J'ai marché jusque chez moi. J'avais besoin d'air frais. Je devais réfléchir à ce que j'allais faire. Pascal dormait déjà lorsque je suis rentrée. Il devait quitter la maison vers trois heures du matin pour se rendre à l'aéroport. J'ai eu envie d'aller le voir, mais je n'ai pas osé. Il me semblait pourtant que les deux prochaines semaines seraient insupportables si je ne lui parlais pas avant son départ.

Ce n'est que le lendemain matin que j'ai trouvé son message. Un petit bout de papier, plié en quatre, sur lequel il avait écrit quelques mots d'une main rapide. Il l'avait glissé sous ma porte au cours de la nuit.

«La balle est dans ton camp, Evelyne-la-fugitive. Quand le cœur t'en dira, appelle-moi.»

Suivait un numéro de téléphone débutant par 604, le code régional de la ville de Vancouver.

J'ai relu ces deux lignes plusieurs fois, y cherchant le sens caché. Je ne savais trop comment les interpréter. Et si le sens en était tout simple : arrête de fuir, Evelyne, et affronte la réalité ? Prends ta vie en main. À quoi bon chercher une signification profonde qui n'existait peut-être pas ? La réponse était là, écrite noir sur blanc, ou plutôt bleu sur blanc, sur un coin de papier déchiré rapidement. Un appel. Un simple coup de fil à composer pour reprendre le contrôle de ma vie. Pour dire à Pascal à quel point j'étais bien avec lui. Pour lui parler de moi, surtout. Pour lui donner les pièces de casse-tête manquantes afin qu'il puisse mieux me comprendre. Peut-être valait-il mieux tenter quelque chose. Ne rien faire, c'était tout perdre !

# 15

# Les choses telles qu'elles étaient

Au cours des deux semaines que Pascal a passées à Vancouver, j'ai longuement réfléchi. J'ai mis quelques jours avant de me décider à l'appeler. Je dois avoir relu sa note une centaine de fois, sans y dénicher un quelconque message subliminal. Lorsque j'ai accumulé suffisamment de courage pour composer les onze chiffres sur le clavier du téléphone, c'est sa sœur qui m'a répondu, dans un français tout ce qu'il y a de plus québécois, à mon grand soulagement. J'avais craint d'avoir à parler en anglais. Je me sentais aussi nerveuse que lorsque je dois faire un exposé oral devant toute la classe.

Pascal a finalement pris le combiné.

— Allô?

Ma réponse s'est fait attendre. Les mots refusaient de sortir.

— Pascal? Salut, c'est Evelyne.

— Evelyne…? Evelyne qui?

Il s'est moqué de moi un court instant avant d'éclater de rire.

— Désolé, Ève. Je n'ai pas pu m'en empêcher. J'ai bien le droit de me venger un peu. Ça fait bien trois jours que tu m'empêches de dormir!

— … Moi, je t'empêche de dormir?

— Absolument. Je n'ai pas fermé l'œil depuis mon départ de Montréal!

Sa bonne humeur m'a rapidement détendue.

— Ça, c'est le décalage horaire. Ça n'a rien à voir avec moi.

— Tu crois ça, hein? Ça aurait pu, effectivement. Mais c'est à cause de toi si je ne dors pas. Je passe mes nuits à regarder le plafond en me demandant ce qui se passe dans cette petite tête rousse.

— Tu ne devrais pas perdre trop de temps avec ça. À moins que tu ne commences à apprécier tes insomnies. Les choses sont beaucoup plus compliquées que tu le penses.

— Ça m'aiderait peut-être si tu m'expliquais.

Lui expliquer ce qui se passait dans ma tête ? Non seulement je n'aurais pas su par où commencer, mais je me comprenais à peine moi-même. Je m'étais promis de ne rien amorcer au téléphone.

— Tu reviens quand ?

— Dans une semaine exactement. Il a fait une pause avant d'ajouter : « J'ai hâte de te voir. Je pense à toi constamment. Je n'arrête pas de casser les oreilles à tout le monde avec toi. Ils vont finir par souhaiter mon départ ! »

— Tu parles de moi ?

— Bien oui, je parle de toi ! Je ne fais que ça. Mes parents ont bien hâte de te revoir.

Une douce chaleur a enveloppé mon cœur. Il avait parlé de moi à ses parents. C'était bon signe ! J'entendais d'ici Florence me dire que lorsqu'un gars parle d'une fille à ses parents, c'est parce que c'est sérieux. C'est l'étape juste avant celle où il accepte qu'elle laisse une brosse à dents chez lui. J'ai retenu un petit rire nerveux.

— Tu es toujours là, Ève ?

— Oui, je suis là.

— Tu trouves que ça va trop vite ? Tu sais, il n'y a rien qui presse. On peut prendre notre temps. Tu es vraiment importante pour moi et je ne voudrais pas tout gâcher. Il n'est pas trop tard pour revenir en arrière…

— Non, ce n'est pas ça. Je suis certaine. J'ai envie qu'on continue. C'est juste que c'est... compliqué.

— Qu'est-ce qui est compliqué?

— Tout.

Il n'a rien dit, attendant probablement des explications qui ne venaient pas.

— À quelle heure arrives-tu?

— Je ne suis pas certain. Je t'appellerai pour confirmer.

Non seulement il l'a fait, mais il m'a rappelée tous les jours! Parfois, nous parlions longtemps, d'autres fois c'était bref; nous voulions seulement entendre nos voix. À aucun moment, nous n'avons parlé de ce qui était arrivé la veille de son départ. Ses appels m'ont aidée à patienter. La semaine a fini par passer. D'autant plus que chaque jour qui passait me rapprochait un peu plus de l'instant fatidique auquel je serais confrontée. Je devais me confier à lui si je souhaitais donner la moindre chance à notre relation. Lui révéler mon secret, du moins en partie, c'est la décision que j'avais prise. Florence, bien entendu, me soutenait dans cette voie. À un point tel qu'on aurait pu croire à un soulagement direct pour elle. Comme si le fait d'inclure Pascal dans la confidence allait alléger le poids qu'elle supportait et le transférer sur ses épaules à lui.

Pendant de longues heures, nous avons discuté de la meilleure manière de procéder : quoi dire, où, quoi faire, quelle attitude adopter ? Flo insistait pour que je lui parle de Philippe. Mais pour moi, c'était absolument hors de question. Aussi bien crier mon histoire sur les toits et regarder ma belle harmonie familiale s'écrouler. Je n'osais pas imaginer le drame que pourrait entraîner une telle révélation.

Parlant de ma famille, ma mère m'a fait toute une surprise en début de semaine.

— Prête pour notre escapade mère-fille ?

Je l'ai regardée avec de grands yeux ahuris.

— Pourquoi fais-tu cette tête-là ? Moi qui croyais que tu aimais nos fins de semaine en tête à tête.

Depuis quelques années, ma mère et moi avions pris l'habitude de nous isoler au chalet d'un de ses amis. Cette fin de semaine mère-fille était devenue une tradition. Je ne croyais toutefois pas qu'elle aurait lieu cette année, étant donné que mes parents repartaient dans moins d'une semaine.

— Tu as le temps ?

— Si j'ai le temps ? J'ai toujours le temps pour ma fille ! Rien au monde ne me ferait manquer cette fin de semaine. J'ai parlé avec Marc et il nous laisse son chalet pour les trois prochains jours. Si tu es libre… bien entendu.

143

L'enthousiasme de ma mère m'a rapidement gagnée. Si j'étais libre? Bien sûr que oui. Même que j'avais une semaine à tuer.

— Alors, on y va?

— Oui!!

Ma réponse était brève, mais débordante d'entrain. Ma mère venait de me faire la plus belle des déclarations. J'étais prête à partir sur-le-champ.

Nous sommes parties le soir même. Il était assez tard lorsque nous sommes arrivées à Mont-Tremblant, quelque trois heures et des poussières plus tard. Nous nous sommes couchées presque immédiatement afin d'être en forme pour bien profiter de nos petites vacances. Le lendemain, j'étais debout avec le soleil. Je suis allée faire une longue promenade sur le lac glacé. Je m'arrêtais souvent pour écouter le silence ou pour essayer de repérer le cardinal que j'entendais chanter. Ce qui n'était pas trop difficile. Son pelage rouge se distinguait facilement du vert des sapins. J'ai aperçu ma mère qui venait dans ma direction.

— Quelle belle journée!

Elle a inspiré profondément, comme si elle voulait s'imprégner du paysage hivernal.

— Je commençais à m'ennuyer de tout cela. Ce n'est pas évident de vivre à 35 °C chaque jour, surtout avec l'humidité.

— Tu peux toujours revenir si tu en as assez d'être là-bas.

J'espérais qu'elle n'avait pas remarqué mon ton légèrement sarcastique.

— Tu m'en veux ? m'a-t-elle simplement demandé.

J'ai haussé les épaules.

— Ça dépend des jours.

— Ce n'est pas facile pour moi non plus, tu sais. Vous me manquez beaucoup, Benjamin et toi.

— C'est toi qui as choisi de partir…

— C'est vrai. Parce que j'en avais besoin. Mais je reviens tout de suite si tu me le demandes, Ève.

Elle avait arrêté de marcher et attendait que je la regarde. Je me suis tournée vers elle.

— Je ne te demanderai pas ça.

— J'aurais préféré attendre quelques années, crois-moi. L'occasion s'est présentée plus tôt que prévu. C'était à prendre ou à laisser. Je sais que tout s'est fait très vite, mais la décision n'a pas été facile à prendre. Même qu'elle aurait probablement été différente une année plus tôt. Ton père et moi, on ne serait jamais partis si on n'avait pas été convaincus que vous étiez prêts. Benjamin est majeur maintenant et toi, tellement raisonnable pour ton âge. Puis, Jeanne est là aussi…

J'ai regretté qu'elle se sente ainsi coupable. Au fond, je comprenais pourquoi elle avait voulu partir et je ne voulais surtout pas gâcher notre fin de semaine.

— Tu avais raison : ça se passe bien à la maison. Jeanne est une mère parfaite et Ben joue très bien au père aussi.

Elle a semblé un peu soulagée et m'a retourné mon sourire.

— On dirait qu'il a trouvé un bon moyen pour te surveiller de près !

Pour une fois, l'allusion à Pascal ne m'a pas fait rougir. Peut-être que je m'habituais finalement.

— Ça va bien vous deux ?

Là, elle m'a prise au dépourvu. Je me suis empressée de lui répondre que oui, tout en espérant qu'elle ne remarquerait pas le petit nuage que sa question avait laissé sur mon visage.

Au cours de cette fin de semaine, l'atmosphère invitait à la confidence. À plus d'une reprise, j'ai bien failli me confier à ma mère. Autant pour me libérer de mon fardeau que pour qu'elle me conseille. Qu'elle me dise quoi faire. Qu'elle me confirme que je prenais la bonne décision en choisissant de tout révéler à Pascal. Je ne suis pas parvenue à parler. Les mots sont restés bloqués dans ma gorge. Je n'avais pas peur que ma mère me juge. S'il y en a une qui aurait compris, c'est bien elle. Je ne lui ai rien dit car je ne voulais pas la blesser. Elle ne se serait peut-être jamais remise d'apprendre ce que son poussin avait traversé. Un peu comme si elle avait manqué à son devoir de maman poule.

— Pourquoi vous ne viendriez pas passer l'été avec nous, Pascal et toi ? m'a-t-elle demandé la veille de notre retour en ville. J'étais allongée sur le divan, en train de parcourir un roman. J'ai levé les yeux de mon livre pour les tourner vers elle.

— En Bolivie ?

— Pourquoi pas ? Vous pourriez venir nous rejoindre à la fin de l'année scolaire. Je suis certaine que tu t'y plairais beaucoup. Et tu pourrais prendre des cours d'espagnol. Depuis le temps que tu en parles !

Passer l'été en Bolivie avec Pascal ? L'idée était loin de me déplaire. Le connaissant, il serait sûrement emballé. C'est vrai que j'avais toujours voulu apprendre l'espagnol. Ce serait une bonne occasion. Et ça me ferait sûrement du bien d'être dépaysée, d'oublier certains événements.

J'ai posé une foule de questions à ma mère, sur les habitudes de vie des Boliviens, la géographie, la politique. Son discours passionné m'a aidée à comprendre un peu plus ce qu'elle ressentait. Elle m'a décrit la beauté des paysages, les alpagas des montagnes et les habits colorés des paysans. Elle m'a également parlé de la ville et de la pauvreté qu'on y côtoie. Mais ce que j'ai préféré par-dessus tout, c'est lorsqu'elle parlait des rayons de soleil dans les yeux des enfants. Ça m'a fait penser à cette carte postale qu'elle m'avait envoyée, sur laquelle un jeune enfant souriait, confortablement installé sur le dos de sa maman. Ses yeux foncés brillant de milliers de petits soleils. J'ai alors pensé au sourire dans les yeux de Pascal et une certaine sérénité m'a envahie. « Je crois que je suis en train de tomber amoureuse de toi aussi, Pascal Courchesne. »

Mon imagination a vagabondé d'une image à l'autre. Au départ de mes parents, j'étais complètement vendue à l'idée. Savoir que nous nous reverrions dans quelques mois a rendu les adieux moins tristes. C'est donc sur une note joyeuse que Benjamin et moi les avons quittés à l'aéroport.

Cet entrain s'est partiellement dissipé à l'approche du retour de Pascal. Je mourais d'envie de le revoir et j'étais impatiente de lui parler de mon projet, en espérant qu'il deviendrait « notre » projet. Mais une mise au point préalable était à prévoir. Je me suis donc retrouvée à l'aéroport, pour la deuxième fois en trois jours. Contrairement à mes parents, Pascal a été l'un des premiers à traverser la porte. Il m'a tout de suite repérée dans la foule. Le sourire qu'il avait en venant vers moi… Je pensais fondre. Il a laissé tomber son sac sur le plancher pour me soulever de terre. C'est moi qui l'ai embrassé lorsqu'il m'a déposée à nouveau sur mes pieds.

— Tu m'as manqué, Ève !

— Toi aussi, tu m'as manqué !

Cette fois, c'est lui qui m'a embrassée. Nous nous sommes assis sur un banc, un peu à l'écart du va-et-vient de la foule. Pendant quelques secondes, nous n'avons rien dit, nous contentant de nous regarder. Pascal a enroulé une mèche de mes cheveux autour de ses doigts.

— Tu m'as fait peur l'autre jour. Je pensais que j'avais gâché toutes mes chances avec toi.

Je me doutais bien qu'il aborderait le sujet, mais pas si vite tout de même. Je ne me sentais pas prête à lui raconter mon histoire. Il était là, devant moi, tellement sincère. Je devais lui dire aujourd'hui, sinon je n'en aurais jamais le courage. Mais pas dans un aéroport bondé. Pendant que nous roulions en direction de la maison, j'ai préparé le terrain. Je lui ai dit que je devais lui confier quelque chose, mais que je préférais qu'il ne me pose pas de questions. Il n'a pas réalisé sur le coup à quel point j'étais sérieuse. J'ai arrêté la voiture près des friches et nous avons marché un moment. Il était impatient de savoir, mais il ne voulait pas me brusquer. Je me suis laissé tomber dans la neige et il s'est étendu à côté de moi. Ça me semblait plus facile en fixant le ciel qu'en le regardant, lui. Je lui ai finalement dit les choses directement : «On m'a violée l'été passé, Pascal. » J'avais d'abord pensé utiliser le terme «agressée», qui me semblait moins pénible à prononcer, mais je voulais éviter toute ambiguïté. La décision de lui dévoiler mon secret avait été sagement réfléchie, alors aussi bien l'assumer jusqu'au bout et dire les choses telles qu'elles étaient.

Contrairement à ce que je pensais, mon angoisse ne s'est pas dissipée à la suite de mon aveu. C'est plutôt le contraire qui s'est produit. J'ai immédiatement eu l'impression d'avoir fait ce qu'il ne fallait pas. Son silence n'a pas aidé.

Je m'attendais à quoi ? De la pitié ? Certainement pas ! Je n'en voulais pas. De la colère ? Peut-être. Des questions ? Sûrement. Une pluie de questions auxquelles je n'aurais pas eu envie de répondre. Alors, comment se faisait-il que je pouvais presque entendre les flocons se poser sur la neige ? Que la seule réaction à laquelle j'avais droit était un silence quasi absolu ? L'attente était insoutenable. Je me suis assise et j'ai jeté un coup d'œil dans sa direction. Ses yeux étaient noirs. Si noirs que je n'y discernais plus la pupille de l'iris. Pascal me condamnait-il avant même de connaître le fond de l'histoire ? La colère m'a gagnée. Je lui en voulais de me juger. Je lui en voulais surtout de ne rien dire alors qu'il m'avait fallu tant de courage pour lui faire une telle confidence.

— Pourquoi tu ne dis rien ?

Le silence, toujours… La bouilloire que j'étais s'apprêtait à exploser.

— Je n'aurais jamais dû te parler de ça. Qu'est-ce que j'ai pensé ?!

J'étais sur le point de m'en aller lorsqu'il s'est enfin décidé à parler.

— Attends, Evelyne. Je suis désolé. Je ne sais pas quoi te dire.

Ses yeux étaient redevenus doux, mais différents. Je me suis calmée un peu, le temps de le laisser chercher ses mots.

— Je n'en avais aucune idée… On entend toujours les statistiques, mais on n'y croit pas vraiment. On ne pense jamais que ça peut concerner quelqu'un qu'on connaît. Encore moins celle qu'on aime…

Les yeux qui m'ont enfin regardée appartenaient de nouveau au Pascal que je connaissais.

— Qu'est-ce qui s'est passé ?

— Tu as promis de ne poser aucune question.

— Dis-moi au moins quand ça s'est produit.

J'ai hésité un peu.

— C'est arrivé l'été passé, un peu après que Benjamin est allé te rejoindre à Vancouver.

— Est-ce qu'il est au courant?

— Ben?

— Oui, Ben.

— Non. Personne n'est au courant. Sauf Florence… et toi maintenant.

Il se doutait bien que je ne répondrais pas, mais il n'a pas pu s'empêcher de poser la question.

— Qui?

J'ai détourné la tête.

— Pas ça, Pascal.

— Mais tu ne peux pas le laisser s'en tirer comme ça, ce salaud! On doit faire quelque chose! Est-ce que c'est quelqu'un que tu connaissais?

Sa consternation initiale faisait maintenant place à la colère.

— Je ne veux pas parler de ça.

— Tu ne peux pas faire comme si rien ne s'était passé, Ève.

— C'est exactement pour ça que je t'en parle. Pour arrêter de faire comme si de rien n'était. Écoute, Pascal, c'est déjà terriblement difficile pour moi de t'avouer ça. Alors, s'il te plaît, cesse tes questions. N'insiste pas. Tu sais l'essentiel, le reste, c'est des détails !

Seulement des détails ? Il valait mieux mettre fin à la discussion avant de m'enfoncer plus profondément dans le mensonge.

— Je ne peux pas t'aider sans savoir ce qui est arrivé. Sans compter que ce gars-là peut recommencer n'importe quand, Evelyne. On doit éviter qu'il fasse subir ça à quelqu'un d'autre.

— Je ne crois pas qu'il va recommencer.

— Donc, tu le connais !

— Non… je… ce n'est pas important ! Arrête ! Je t'en ai parlé pour que tu me comprennes un peu mieux, pas pour tout compliquer davantage !

J'ai pris la direction du retour. Il m'a accompagnée en silence. Tout le monde était à la maison lorsque nous sommes rentrés. Créant ainsi une diversion. Ce n'est qu'en début de soirée que l'occasion de nous retrouver seuls nous a été offerte de nouveau. Je lisais sur mon lit, lorsque Pascal est entré dans ma chambre. Il s'y est assis à son tour.

— Je suis désolé, Evelyne. Je ne voulais pas te harceler avec mes questions. J'imagine que ça ne doit pas être facile pour toi de parler de tout cela. C'est juste que je suis tellement… surpris. Je ne m'y attendais pas. Je me sens vraiment impuissant aussi.

Il s'est arrêté un moment, ne sachant visiblement plus quoi dire. Il pris une de mes mains dans les siennes et l'a longuement regardée.

— J'espère que tu te sentiras suffisamment en confiance avec moi pour tout me dire un jour, Ève. D'ici là, je vais essayer de ne pas trop t'embêter avec ça. Je ne te promets pas de ne plus jamais t'en parler, par contre. Je connais mes limites.

— Ce n'est pas une question de confiance, crois-moi. Je n'ai pas envie de parler de ça. J'essaie d'oublier, tu comprends ? Je t'en parlerai peut-être, quand ce sera plus loin derrière moi.

Nous avons tous les deux sursauté. Benjamin avait fait son apparition dans le cadre de porte, un faux sourire sur le visage.

— C'est quoi ? Une demande en mariage ? Prends ton temps, Pascal. Je ne suis pas pressé de te compter parmi ma famille. Allez ! Amène-toi ! Tu m'as promis de m'aider à l'auberge ce soir. Evelyne peut bien survivre quelques heures sans toi.

Pascal m'a fait un petit sourire triste, puis il m'a murmuré :

— S'il savait…

J'ai eu envie de répondre :

« Si toi, tu savais, Pascal. Si seulement tu savais…»

# 16

## Chaos

Pour une fois, la fille de la météo ne s'était pas trompée. La tempête de neige qu'elle avait prédite était en train de s'installer. J'étais debout devant la fenêtre à regarder le vent balayer la neige dans tous les sens, quand Pascal m'a enlacée par-derrière. Depuis ce fameux après-midi où je lui avais confié mon secret, il était encore plus attentionné qu'avant. Il redoublait les gestes tendres, mais il avait abandonné toute initiative à caractère intime. Il me laissait prendre les devants. Je pouvais comprendre.

Nous avions scellé un pacte ce matin-là. Il avait promis qu'il ne ferait aucune allusion à «vous savez quoi», pour la journée. Je sais que ça lui demandait beaucoup. C'était plus fort que lui. Il ne se passait pas vingt-quatre heures sans qu'il tende une perche ou fasse une allusion quelconque. Je ne savais pas combien de temps je pourrais résister à son harcèlement. Pourtant, il ne devait pas savoir qu'il s'agissait de Philippe. Jamais, au grand jamais ! Mais aujourd'hui, je ne devais pas penser à cela ; c'était un jour de fête. Nous célébrions l'aboutissement de nos efforts. L'auberge était terminée ! Elle ouvrait officiellement dans moins de deux semaines, juste à temps pour le carnaval. Benjamin avait mis le paquet sur la publicité et nous affichions déjà presque complet. Pas étonnant, le carnaval attire toujours beaucoup de monde. Mon frère était euphorique ; il dansait et chantait depuis le matin. Nous attendions plusieurs amis pour fêter ça. Philippe ne compterait pas parmi eux. C'était donc un jour de fête pour moi aussi.

Florence est arrivée la première et les autres n'ont pas tardé. La plupart étaient des amis de Benjamin et Pascal, bien que j'en aie invité quelques-uns des miens aussi. Marianne était là, accompagnée de quelques autres filles de mon équipe de volley-ball. Certains se laissaient emporter par la musique, d'autres sirotaient leur bière en parlant de tout et de rien. Moi, j'allais et venais dans tous les sens, m'assurant que chacun ne manquait de rien, m'arrêtant au passage pour voler un baiser à Pascal.

— Te voilà, Evelyne ! Quelqu'un te cherchait. Une jolie fille, plutôt petite, aux longs cheveux noirs.

Tante Jeanne m'a tendu un énorme bol de chips à ramener au salon.

La description correspondait à celle de Roxanne, mais elle n'était pas censée être ici ce soir. Elle se précipitait pourtant vers moi quelques secondes plus tard.

— Salut, Evelyne !

— Salut, Roxanne. Je ne m'attendais pas à te voir. Je croyais que Philippe et toi aviez quelque chose d'autre ce soir.

— On avait un souper chez ma tante, mais on s'est sauvés de bonne heure. Tu as besoin d'un coup de main ? m'a-t-elle demandé en jetant un œil au bol que je transportais.

— Non, ça va. Merci.

J'ai déposé mon bol sur une table et suis revenue vers elle. Du coin de l'œil, j'ai repéré Pascal, en grande discussion avec Florence. Son air soucieux m'a laissé deviner la nature de leur conversation.

— Je reviens tout de suite.

J'ai temporairement quitté Roxanne pour aller dans leur direction.

— ... ne devrait surtout pas garder ça pour elle.

Ce sont là les quelques bribes de conversation que j'ai réussi à entendre avant que mes deux amis ne m'aperçoivent.

— Vous m'avez l'air bien sérieux tous les deux pour un jour de fête !

Comme réponse, j'ai eu droit à deux sourires artificiels, dignes des meilleures publicités de dentifrices.

— Je vous surveille ! les ai-je menacés à la blague avant de continuer mon chemin.

De l'agitation à l'autre extrémité de la pièce a attiré mon attention. Philippe et quelques amis buvaient leur bière d'un trait, en plein concours de virilité. J'ai jeté un coup d'œil en direction de Roxanne, qui ne semblait pas trop s'amuser de leur petit jeu. J'ai ressenti une petite satisfaction. Si Philippe pouvait se comporter comme un fou afin que tout le monde le voie sous son autre jour !

Pascal est allé le rejoindre et il est demeuré avec lui tout le reste de la soirée. Il voulait le surveiller pour éviter la répétition des événements qui s'étaient déroulés chez Fred. Cette fois-ci, c'était lui qui jouait les chaperons. J'ai donc cherché à l'éviter, par ricochet. Je sentais bien qu'il me cherchait des yeux, mais je me suis bien gardée de croiser son regard. Il s'est donc mis à ma recherche, voyant qu'Evelyne-la-fugitive ne viendrait pas d'elle-même.

— Tu te sauves encore ? Ça fait bien une demi-heure que je te fais signe. Viens ! Je veux te présenter quelqu'un.

Il m'avait attrapée par la taille et m'embrassait dans le cou. Je me suis laissé entraîner, tandis qu'il nous frayait un chemin dans la foule.

— Tu connais Christian ?

Un colosse au visage doux comme un agneau m'a saluée, tandis que Pascal me donnait les détails des liens qui les unissaient. J'ai cru entendre quelque chose à propos de l'école primaire et d'une équipe de hockey, mais je n'écoutais pas vraiment. Le regard de Philippe me détaillait de la tête aux pieds. Comme si l'alcool chassait tous ses remords et qu'il ne ressentait plus aucun malaise en ma présence. Le fait de me voir intime avec Pascal lui donnait une certaine assurance.

J'aurais voulu disparaître. C'est d'ailleurs ce que je me suis empressée de faire. J'ai utilisé le premier prétexte pour me volatiliser et je suis allée m'isoler dans la cuisine. J'avais peur de ce que je pouvais faire. Je me suis assise sur une chaise, la tête entre les jambes, et j'ai expiré profondément. La porte s'est ouverte et j'ai vu Philippe devant moi en me redressant.

— Sors !

Il ne semblait plus aussi sûr de lui. Il avait presque l'air triste.

— Calme-toi, Evelyne ! N'aie pas peur, je veux juste te parler.

Il a fait un pas en avant et je me suis levée. Qu'est-ce qu'il croyait ? Que j'allais me fier à ses paroles ?

Il a laissé échapper un long soupir de découragement et s'est effondré sur une chaise.

— OK, Evelyne. Je m'assois ici et je ne bouge pas.

— Qu'est-ce que tu crois, Philippe ? Que c'est un jeu ? Ce n'est pas un jeu ! Je veux que tu sortes ! Tu entends ? Je n'ai rien à te dire et rien de ce que tu pourrais me dire ne m'intéresse !

— Je veux juste te parler…

— Mais moi, je ne veux pas te parler ! Tu es sourd ? Va-t'en !

— Ça paraît que je ne suis pas Pascal…

— Qu'est-ce que Pascal vient faire là-dedans ?

— Tu ne t'es pas vue avec lui ! La manière dont tu le regardes, ta façon de te coller contre lui, de l'embrasser… une vraie séductrice !

J'ai péniblement avalé ma salive.

— Ce n'est pas ce que tu penses avec Pascal… c'est sérieux.

— Si tu le dis ! N'empêche que ça me soulage un peu. Ça m'aide à comprendre ce qui s'est passé cet été.

Un coup de poignard en plein cœur.

Il a continué :

— J'ai perdu le contrôle, c'est vrai. Mais ça ne serait jamais arrivé si tu ne m'avais pas regardé de cette manière-là pendant des années… et si tu ne bougeais pas aussi sensuellement dans tes petites robes d'été !

Je me suis mise à trembler. J'ai senti les larmes me monter aux yeux. Des larmes de colère. Pour qui se prenait-il ? Venir chez moi essayer de détruire l'estime de moi que je m'acharnais si durement à reconstruire ! Je savais bien que l'alcool lui déliait la langue, mais je ne pouvais m'empêcher d'accorder un peu de crédibilité à ses propos.

— Sors !

J'avais crié. Je suis certaine qu'ils ont pu m'entendre à travers toute la maison.

— Va-t'en ! Sors d'ici ! Sors de ma vie ! Tu entends ? Disparais !

Même dans mes rêves les plus fous je n'aurais jamais imaginé la suite. Je me suis littéralement jetée sur Philippe ! Je ne sais pas à quoi j'ai pensé. Je me suis élancée sur lui en lui criant un tas d'insultes. Je l'ai frappé, je l'ai griffé, une vraie chatte enragée ! Je lui aurais arraché les yeux s'il m'en avait donné l'occasion! Mais il ne s'est évidemment pas laissé faire sans broncher. Il a voulu me maîtriser en m'agrippant les poignets et en me plaquant violemment contre la porte du réfrigérateur.

— Tu es complètement folle!

La lutte continuait avec acharnement lorsque Roxanne a fait irruption dans la cuisine. Elle s'est mise à hurler comme une hystérique, sans toutefois oser intervenir. Les renforts sont arrivés en moins de deux. Je ne pourrais même pas dire qui nous a séparés. Tout ce que je sais, c'est que je suis partie. J'ai bousculé tous ceux qui se trouvaient sur mon passage et j'ai couru vers la sortie. Au vol, j'ai agrippé mon manteau et les clés de l'auto de Ben, et je me suis enfuie. Je n'avais aucune idée de l'endroit où j'allais. Je voulais juste me sauver. Loin. Très loin. Quitter ce monde de fous avant de le devenir moi-même.

# 17

# La fuite

J'ai conduit pendant plus de deux heures sur l'autoroute 20. Il faisait nuit et la neige tombait en rafales sur le pare-brise, réduisant la visibilité. Les larmes qui m'inondaient les yeux ne m'aidaient en rien. Pendant plusieurs kilomètres, je ne pensais qu'à m'éloigner de Québec, pleurant à gros sanglots. Puis, un éclair de lucidité m'a fait réaliser que je roulais à près de 120 km/h. Du suicide dans de telles conditions. J'ai rapidement freiné mon allure. Si parfois je ne veux plus vivre, je n'ai pas pour autant envie de mourir.

J'avais emprunté l'autoroute sans réfléchir, mais maintenant que les sorties défilaient les unes après les autres, je savais parfaitement où j'allais aboutir. Par chance, Benjamin venait de faire le plein et je devais avoir assez d'essence pour me rendre jusqu'à Montréal. Je n'avais aucune idée de ce que j'y ferais, mais ça me rassurait d'avoir un but. Un peu comme si quelqu'un m'attendait à destination. Une légère panique m'a tout de même envahie lorsque j'ai finalement aperçu les édifices gigantesques qui s'élevaient à l'entrée de la ville. Je connaissais Montréal pour y être allée à quelques reprises avec mes parents. Jamais seule!

J'ai suivi les indications pour me rendre au centre-ville et j'ai stationné la voiture au coin de St-Denis et Sherbrooke. Ces noms de rues me disaient quelque chose. J'avais décidé de marcher un peu, pour me dégourdir les jambes. Ensuite, je comptais trouver un restaurant où je pourrais m'arrêter un moment et réfléchir à ce que j'allais faire. J'ai rencontré un tandem de policiers qui marchaient dans ma direction. J'ai détourné la tête pour éviter qu'ils croisent mon regard. Je me sentais comme une adolescente en fugue. C'est ce que j'étais, en fin de compte. Pouvaient-ils déjà être à ma poursuite? Cela ne faisait que quelques heures que j'étais partie. Combien de temps devaient-ils attendre avant de faire des recherches? Vingt-quatre heures? J'ai eu une pensée pour Gabriel. Il fréquentait mon école, en cinquième, comme moi. L'an dernier, il a fugué pendant plusieurs jours. L'événement a occupé la une de la polyvalente. Les policiers sont venus nous questionner. Le père de Gabriel a même débarqué à l'école, les traits tirés, mort d'inquiétude. Comment peut-on faire ça à ses parents ? À l'époque, j'avais trouvé son geste tellement stupide. Et voilà que moi, Evelyne St-Arnaud, je faisais la même chose. Peut-être Gabriel avait-il eu une bonne raison de fuguer. Peut-être que, tout comme moi, il n'avait pas eu le choix, que c'était pour lui une question de survie.

J'ai réussi à dénicher un petit café sympathique, encore ouvert malgré l'heure tardive. Il était assez achalandé d'ailleurs, à mon grand étonnement. J'y suis restée environ une heure, à siroter un cidre chaud en espérant qu'il réchauffe un peu mon cœur. Je ne savais pas quoi faire. La fatigue commençait à me gagner et je ne savais pas où aller. Je pouvais peut-être louer une chambre d'hôtel et m'y réfugier pour la nuit ? J'ai marché deux coins de rue dans le but d'en dénicher un, mais j'ai changé d'idée. Je craignais trop d'éveiller les soupçons : une adolescente de seize ans qui loue une chambre, seule, à trois heures du matin ! Le propriétaire de l'endroit allait sûrement appeler la police. Et aussi, je commençais à avoir peur. Bien que les rues soient assez animées, même la nuit, ce type d'agitation ne me rassurait pas du tout. Itinérants grommelant des paroles incompréhensibles ou adolescents saouls chantant à tue-tête, l'atmosphère qui régnait alimentait ma tension. Je suis rapidement retournée à la voiture. C'est finalement près du parc Lafontaine, un quartier un peu plus tranquille, que j'ai décidé d'arrêter le véhicule et d'y dormir quelques heures. Benjamin gardait toujours une couverture chaude dans le coffre. Au cas où. Je n'aurais jamais pensé devoir l'utiliser un jour. Je me suis donc étendue sur la banquette arrière, cachée sous la couette, et j'ai attendu que le sommeil me délivre de mon angoisse et du froid qui me transperçait les os. Un homme ivre, percutant une poubelle, m'a réveillée au petit matin. J'ai mis un moment avant de me rappeler où j'étais. Il était encore tôt, mais je n'arriverais pas à me rendormir. Montréal ne dort jamais. À l'aube, les lève-tôt relayent les oiseaux de nuit et le cycle recommence.

Tous mes membres étaient ankylosés lorsque je suis descendue de la voiture. La ville me semblait un peu plus rassurante à la lumière du jour. J'ai traversé la rue et suis entrée dans un restaurant. Je n'avais pas vraiment d'appétit, mais ça m'aiderait peut-être à voir plus clair si je mangeais quelque chose. Une télévision suspendue dans un coin de la pièce présentait une de ces émissions où l'on invite les gens à parrainer un enfant du tiers-monde. J'ai pensé à mes parents. Est-ce qu'ils savaient maintenant ? Est-ce que Benjamin les avait appelés pour partager son inquiétude ? Peut-être avait-il préféré attendre encore un peu, espérant que je reviendrais rapidement, évitant de les affoler inutilement. Chose certaine, tous ceux qui étaient présents à la fête devaient savoir maintenant. Autant dire tous les étudiants de la polyvalente ! Les nouvelles vont vite.

J'ai attrapé le journal que mon voisin avait laissé sur sa table. Y parlait-on de moi ? Je savais bien que c'était presque impossible. Ils avaient bien d'autres choses plus intéressantes à raconter. Combien de jeunes disparaissent sans laisser d'adresse ? Je n'étais pas la première. Malgré tout, je tournais les pages en craignant d'apercevoir ma photo en gros plan.

Je me suis arrêtée devant le téléphone public en sortant du restaurant. J'ai bien failli appeler Ben. Mais pour lui dire quoi ? Que je n'avais jamais voulu que Philippe aille aussi loin ? Oui, je l'avais toujours trouvé physiquement attirant, mais jamais, au grand jamais, je n'avais voulu encourager ce qui s'était passé.

Lui dire à quel point j'étais désolée d'avoir brisé une amitié qui lui tenait tellement à cœur? Je ne pouvais pas. J'ai continué mon chemin, sans savoir où aller. Ce n'est que plusieurs heures plus tard, en me promenant dans la ville souterraine, que j'ai enfin réuni assez de courage pour décrocher le combiné.

# 18

## Ben et moi

— **A**llô?

— Flo?

— Evelyne! Mon Dieu! C'est toi! Est-ce que tu vas bien? J'étais tellement inquiète! Tu es où? Qu'est-ce que tu fais? Tu vas bien?

Elle me posait une tonne de questions sans me laisser la chance d'y répondre.

— Evelyne?

— Je suis à Montréal.

— À Montréal!

Le moins qu'on puisse dire, c'est que ma réponse lui a fait de l'effet. Montréal! Mes parents avaient beau être en Bolivie, Montréal, c'était le bout du monde pour les deux adolescentes de Québec que nous étions.

— Oui, à Montréal. Au cœur des centres commerciaux où tu rêves depuis toujours d'aller magasiner…

J'avais dit ça pour détendre l'atmosphère, mais mon humour déplacé m'a rappelé le tragique de ma situation et je me suis mise à pleurer. L'homme qui téléphonait à mes côtés m'a dévisagée.

— Evelyne… Ne bouge pas de là ! Je saute dans le prochain autobus et je viens te rejoindre, OK ?

Je pleurais trop pour lui répondre quoi que ce soit.

— Evelyne ? J'arrive, OK ? Tu veux que j'appelle Ben pour lui dire où tu es ?

— Non, non.

Cette éventualité m'a fait retrouver ma voix.

— Il est vraiment inquiet, tu sais. On devrait au moins l'appeler pour lui dire que tu vas bien.

Je savais bien qu'elle avait raison.

— Je vais le faire.

— Tu es sûre ?

— Oui, oui.

Je me suis mouchée avec un mouchoir offert gracieusement par mon voisin téléphonique. J'avais trop de chagrin pour avoir honte.

J'ai finalement eu le courage de poser à mon amie la question qui me brûlait les lèvres :

— Qu'est-ce qui s'est passé après mon départ ?

— C'était la confusion la plus complète, Vivi. Le chaos. Je pense qu'il y en a qui n'ont pas encore compris ce qui s'est passé.

Les images ont défilé devant mes yeux : l'hystérie de Roxanne, Philippe qui me crie que je suis folle, les yeux terrifiés de Marianne, ceux de Benjamin qui semblent incrédules et ceux de Pascal surtout… si noirs. Confus, fâchés, trahis même. Cette image était la plus forte : le regard de Pascal qui devine une trahison. Celle de Philippe ou la mienne ? Les deux, sûrement. Je lui avais caché la vérité. Et quelle vérité ! Pourrait-il un jour me pardonner ? Croyait-il que j'avais encouragé ce qui s'était passé ? Sans oublier que Philippe était son grand ami. J'avais envie de hurler ! Je voulais mourir.

— Evelyne ? Tu es toujours là ?

— Oui, oui. Je suis là… Et Ben, comment il a réagi ?

— Tout le monde est de ton côté, Evelyne. Évidemment.

Elle m'a ensuite fait un résumé des événements qui ont suivi «ma disparition», comme elle disait. Lorsque je me suis sauvée, tous les yeux sont demeurés sur Philippe. Pascal avait tout compris immédiatement.

— Dis-moi que ce n'est pas vrai, Phil. Dis-moi que ce n'est pas toi !

— Je ne sais pas ce qu'elle t'a dit, Pascal, mais ça ne s'est pas passé comme tu penses. Elle a tout fait pour me séduire. Tu es bien placé pour savoir de quoi je parle, d'ailleurs.

C'est à ce moment précis que Pascal s'est jeté sur lui. Christian les a séparés, tandis que Benjamin semblait paralysé. Il se débattait dans l'obscurité la plus totale.

— Est-ce que quelqu'un peut m'expliquer ce qui se passe, bon sang ?!

C'est Florence qui l'a mis au courant. Dans les circonstances, c'était la seule chose à faire. Elle lui a donc dévoilé mon secret, se libérant par le fait même d'un lourd fardeau. Jeanne est demeurée très calme, comme toujours. Elle s'est chargée de faire comprendre aux invités, avec toute la subtilité dont elle était capable, que la fête était finie. Florence n'avait jamais vu Benjamin dans cet état, lui qui est toujours si posé, si calme. Tous les muscles de son corps semblaient tendus. Il n'a pourtant rien tenté envers Philippe. Il lui a simplement dit de partir, d'un ton dur, qui ne laissait place à aucune réplique. Puis, comme ce dernier ne bougeait pas, se con-

174

tentant de laisser échapper un faible «J'avais bu, Ben… je ne savais pas ce que je faisais», il a hurlé :

— Va-t'en ! Sacre ton camp d'ici !

Philippe est finalement parti, chancelant sous l'effet de l'alcool. Pascal et mon frère sont demeurés assis par terre, sous le choc. Geneviève a bien tenté de réconforter Ben, mais il n'y avait pas grand-chose à faire. Puis, comme dans un éclair, ils se sont soudainement inquiétés de mon absence. Les recherches ont commencé. Benjamin a fait maintes et maintes fois le tour du quartier avec la voiture de Jeanne, tandis que Florence et Pascal me cherchaient à pied.

— On est même allés dans les friches ! J'étais certaine que tu y étais, m'a dit Florence. Montréal ! On était dans le champ, c'est le cas de le dire !

Il y avait maintenant plus de quinze heures que j'étais partie. C'est long, quinze heures, quand on s'inquiète. Je me sentais terriblement coupable. Je regrettais d'être partie comme ça. Mais en même temps, je n'avais pas vraiment eu le choix. La téléphoniste a transféré mon appel au numéro demandé. C'est Benjamin qui a décroché, s'empressant d'accepter les frais d'interurbain avant même d'entendre mon nom.

— Evelyne ? C'est toi ?

J'ai laissé échapper un minuscule « oui ». J'avais la bouche pâteuse et la gorge sèche.

— Dieu soit loué, Evelyne ! J'étais tellement inquiet ! Tu es où ? Tu vas bien ?

Et voilà ! Les questions de plus belle.

— Je suis à Montréal…

— À Montréal !

Décidément, j'avais le don de surprendre tout le monde.

— Ne bouge pas de là, Evelyne. Je viens te chercher.

C'était un peu ridicule qu'il vienne jusqu'ici alors que c'était moi qui avais sa voiture, mais il ne m'a pas laissé le temps de m'y opposer. Il devait mettre fin à cette interminable attente. Je n'avais pas envie de revenir tout de suite. Je n'avais toujours pas l'énergie d'affronter tout le monde. Je lui ai donc donné rendez-vous où j'avais déjeuné un peu plus tôt. J'y suis arrivée une bonne vingtaine de minutes avant l'heure fatidique. Je voulais être la première sur place, afin de me sentir le plus en contrôle possible. Il est entré comme un coup de vent. Ses yeux angoissés ont rapidement parcouru la salle, s'arrêtant sur moi. On aurait dit qu'il n'avait pas dormi depuis plusieurs jours. J'ai péniblement avalé ma salive, tandis qu'il s'approchait de moi.

— Evelyne…

Il a hésité, ne sachant trop quoi faire, et a finalement pris place devant moi.

La serveuse s'est interposée avant même que nous ne commencions à parler. Benjamin s'est contenté de lui dire qu'il voulait la même chose que moi, sans avoir jeté le moindre coup d'œil à ce que je consommais.

— Je suis tellement désolé, Evelyne… Je m'en veux tellement… J'aurais dû deviner… si j'avais su, Ève…

Il y avait tant de chagrin dans ses yeux et sa voix. Tellement de regrets.

— Tu ne pouvais pas savoir, Ben…

Les mots s'étaient péniblement frayé un chemin jusqu'à mes lèvres.

— J'aurais dû deviner. J'aurais donc dû ! Je pensais juste à l'auberge et à Geneviève… je n'ai rien vu de ce qui se passait. C'est clair, maintenant. Je comprends plein de choses qui auraient dû être évidentes bien avant.

Il s'est arrêté un instant, perdu dans ses pensées.

— Pourquoi ne m'as-tu rien dit…?

Il n'attendait pas vraiment de réponse. Il comprenait très bien tout ce qui avait pu motiver mon silence. C'était plutôt un cri d'impuissance.

Il a pris ma main dans la sienne.

— J'aimerais tellement pouvoir tout effacer, Evelyne. Si seulement je pouvais…

Ses yeux se sont embués. C'était la première fois que je voyais mon frère pleurer. Il n'a rien tenté pour retenir ses larmes, les laissant simplement couler sur ses joues. La serveuse a discrètement déposé un clone de mon repas devant lui. Il ne l'a même pas regardé. Je me doutais pourtant qu'il ne devait pas avoir mangé beaucoup au cours des dernières heures. Contagieuses, les larmes ont glissé sur mes joues aussi. Tout effacer ? Si seulement c'était possible. Revenir en arrière. Tout reprendre comme avant.

Benjamin n'a pas touché à son repas. Il a réglé l'addition machinalement et nous sommes sortis du restaurant. Nous avons longuement marché avant de prendre la route vers Québec. Nous avons peu parlé, contrairement à ce qu'on pourrait penser. Je crois qu'il était encore sous le choc et qu'il avait besoin d'un peu de temps pour bien réaliser tout ce que la situation impliquait. Pas seulement pour moi, mais pour lui aussi. Il venait de perdre un grand ami.

Certains tabous resteraient présents. On ne pourrait pas les faire disparaître du jour au lendemain. Ça explique probablement pourquoi Ben ne m'a pas posé beaucoup de questions. Il s'est plutôt contenté d'insister sur le fait qu'il était avec moi, que tout le monde me soutenait et que rien ne pouvait excuser le geste de Philippe. Absolument rien.

Nous nous sommes arrêtés faire le plein avant d'emprunter l'autoroute. Benjamin a sorti quelque chose de la poche intérieure de son manteau et s'est rassis dans la voiture en me tendant une enveloppe anonyme.

— Tiens. J'allais l'oublier. C'est de Pascal, a-t-il ajouté d'un sourire complice. Il voulait venir, mais je lui ai dit que je préférais être seul avec toi. Vous aurez bien le temps de vous expliquer tous les deux.

Il a mis de l'essence dans la voiture et s'est rendu à l'intérieur de la station pour payer.

J'ai fait glisser l'enveloppe entre mes doigts. Dans une main, puis dans l'autre. J'hésitais à l'ouvrir. Puis, je me suis décidée. La missive était courte. Quelques lignes à peine. Les lettres tracées hâtivement dansaient devant mes yeux. J'ai dû m'y prendre à quelques reprises pour bien saisir leur sens. Pascal l'avait probablement écrite très vite au moment du départ de Ben.

*Ma douce Evelyne,*
*Si j'avais su… si seulement. J'aurais*
*dû deviner pourtant.*
*J'aimerais tellement être avec toi à*
*cet instant.*
*Te serrer dans mes bras et te dire*

*combien je t'aime.*
*On va y arriver, Ève.*
*Ensemble, on va déplacer des mon-*
*tagnes.*
*Tu n'es pas seule surtout.*
*Tu es entourée de bons amis qui ne*
*demandent qu'à t'aider.*

*Je t'aime.*
*Pascal*

J'ai fermé les yeux, comme je l'avais fait lors de notre premier baiser dans la neige. J'ai pensé à tous ceux qui m'entouraient : Pascal, Benjamin, Florence, Jeanne... J'avais de la chance d'avoir d'aussi bons amis dans ma vie. Ce ne serait pas facile malgré tout. Il y aurait des questions, des malaises et des souvenirs qui réussiraient, contre toute attente, à refaire surface. Je ne savais pas encore ce que je ferais. Si je porterais plainte contre Philippe un jour. Je savais par contre que je ferais tout pour m'en sortir. Pour bâtir une nouvelle Evelyne. J'ai serré la lettre contre moi et attendu le retour de Ben.

## Remerciements sincères à :

Sylvain, Océane et Laurence,
les trois grands amours de ma vie.

Chantal, pour toutes ces heures passées
à nous raconter des histoires
et pour toutes ces soirées dans les friches.

Nancy McGee,
pour avoir cru en moi dès le départ.

Ma mère, Francine,
qui m'a toujours laissé croire
que je pouvais réussir
tout ce que j'entreprenais.

Ma sœur, Marie-Claude, qui n'a
presque pas ri de moi
lorsque je lui ai dit que j'écrivais.

Mélisa, pour nos grandes discussions
philosophiques.

Martin et Christine, qui, sans le savoir,
m'ont tellement encouragée.

Mes premières lectrices et critiques :
Catherine Bergeron,
Annou Théberge
et Odette Dumont.


Merci !

# TABLE DES CHAPITRES

## MARIE-JOSÉE
## SOUCY

**D**'aussi loin qu'elle se souvienne, Marie-Josée Soucy a toujours écrit. Elle a donné vie au personnage d'Evelyne alors qu'elle était encore au secondaire. Plusieurs années plus tard, en même temps qu'elle poursuit des études en biologie et qu'elle attend l'arrivée de son premier enfant, elle se décide à réécrire complètement son histoire. *Evelyne en pantalon* est son premier roman pour les adolescents… mais certainement pas le dernier puisqu'elle a la tête pleine d'histoires qui ne demandent qu'à prendre leur envol. Marie-Josée vit à Montréal avec son conjoint et ses deux filles.

# Collection Conquêtes